바로크 최고의 시인
루이스 데 공고라

바로크 최고의 시인
루이스 데 공고라

「폴리페무스와 갈라테아 이야기」와
「피라무스와 티스베 이야기」

안영옥 지음

일러두기

• 번역된 시에서 옮긴이가 독자의 이해를 위해 추가한 내용은 대괄호 안에 넣었습니다.

• 본문의 신명·인명·지명은 로마식으로 표기했습니다.

여는글

예술은 지적으로든 감각적으로든 우리를 놀라게 해야
한다. 기발한 생각과 독보적 양식이 아름다움까지 갖추
어 독자의 지성에 호소하는 예술은 신의 경지에 다다른
다. 스페인 시인으로 유럽 바로크 최고의 시인이라 일컫
는 루이스 데 공고라Luis de Góngora(1561~1627)의 시가
바로 그러하다. 당시 추종자들은 그의 미학을 공고리즘
이라 부르며 그의 이름을 명예롭게 했고, 경쟁자들은 스
페인의 전통에 맞설뿐더러 이국적이고 낯선 것이라 비하
했다. 또 한편 과식주의(過飾主義)라 부르며 비난하기도
했다. 고대 신화를 바탕에 두고 기발하고도 에로틱하게
구축한 그의 시는 고도화된 은유와 음악성, 라틴어와 신
조어 사용 그리고 과격한 형식 파괴와 언어유희로 시인을
제2의 콜럼버스, 제2의 갈릴레이의 반열에 올린다. 전통

인식론을 무너뜨리고 문학 언어에 근본적인 변화를 일으켜 새로운 언어의 세계를 보여 주기 때문이다. 더불어 시어의 개혁을 통해 신세계를 열어 주기 때문이기도 하다.

11음절 한 행이 여덟 개 모여 한 연을 이루는 옥타바 레알 형식으로 총 63개 연, 즉 504개의 행으로 이루어진 「폴리페무스와 갈라테아 이야기Fábula de Polifemos y Galatea」(1613)는 문학사에서 다시 만나기가 쉽지 않다. 완벽하게 연마되어 완성된 작품의 표본이라 할 수 있다. 형식과 내용이, 이미지와 생각이, 서사와 상징성이 유기적으로 조직되어 있어 더할 나위 없이 빼어나다. 세부를 보면 보석을 세공한 것처럼 가공이 유별난데, 전체적으로 비범할 정도로 간결하다는 인상을 준다. 화려한데도 경이로울 정도로 쓸데없는 사치를 부리지 않아 낭비가 없다는 말이다. 모든 게 빈틈없이 연결, 통일되어 뛰어난 세공술로 빚어낸 보석과 같다.

세계 문단에서 「폴리페무스와 갈라테아 이야기」를 유럽 바로크 최고의 걸작이라고 평가한다면, 시인은 〈피라무스〉와 〈티스베〉라는 그리스 신화의 두 인물을 희화화하여 로만세 형식으로 그려 낸 「피라무스와 티스베 이야기Fábula de Píramo y Tisbe」(1618)에 제일 많은 공을 들여 가장 아끼는 작품이라 한다. 전자가 공고라의 진지하고 귀족적인 미학을 대표한다면, 508개의 행으로 이루어진 후자는 공고라가 유머, 풍자, 패러디의 대가임을 증명한다.

당대의 미학은 진부하여 새로운 감각과 생각을 담아낼 수 없다고 생각하여 과식주의와 패러디로 기존의 미학에 종지부를 찍은 작품이다.

공고라는 시인으로는 천재였으나 인간으로는 늘 분쟁의 중심에 서 있던 괴팍한 성격의 소유자로 알려져 있다. 그로 인해 많은 분란이 일었고, 특히 공고라를 현학주의자, 루터주의자로 신랄하게 비난한 동시대 문인 프란시스코 데 케베도Francisco de Quevedo가 공고라와 그의 작품을 공박한 시는 유명하다. 공고라를 이해하는 데 도움이 되고 재미도 있어 함께 실었다. 케베도는 공고라에 버금가는 천재 시인으로 스페인 바로크 미학의 두 갈래인 과식주의와 기상주의(奇想主義) 중 후자의 대표 주자이다. 이러면 스페인 황금 세기를 대표하는 두 미학이 한자리에 모인 셈이다.

스페인어와 우리말의 차이는 차치하더라도, 상식을 넘어서는 시작 기술 때문에 시인의 시를 우리말로 옮기는 일은 사실상 불가능하다. 지금까지 우리 문단에 소개되지 못하고 있는 가장 큰 이유가 옮기는 순간 시의 진가가 반 정도 사라져 버리기 때문이다. 유학 시절 스페인 황금 세기 문학 담당 교수는 「폴리페무스와 갈라테아 이야기」만으로 6개월을 강의했다. 되돌아보면 그 어려운 작품을 스페인어로 배웠던, 내 젊은 시절의 용기가 부럽다. 우리나라에서는 결코 경험할 수 없는, 기상천외한 시 세계를 접하며 그때 했던 생각도 되살아난다. 〈이 작품을 우리말로 옮길 수 있을까?〉 그런데 갈수록 공고라 시 세계를 궁금해하는 사람이 늘고 있다. 대조되고 모순되는 것들을 바루어 조화와 균형을 잡아야 할 필요성이 요구되고, 객관적인 법칙이나 집단 규범, 또는 이성적 사유를 추구하는 문학 전통에서 벗어나 개인주의적 의식과 독창적 감성에 관심이 쏠리고 있는 지금, 바로크 문학에 대한 재평가가 요청되고 있다. 그 최고봉에 공고라가 있어 나의 도전을 부추겼다. 나는 이 책에서 공고라 작품의 의미와 형식을 지켜 번역하려 노력했다. 난해한 부분은 해설로 돕고 있으니 관점을 전환하여 공고라 시의 매력을 즐기고 생각과 상상의 지평을 넓혀 보기를 바란다.

2022년 봄의 문턱에서
안영옥

차례

그리스 로마 신화의 신명·인명·지명 비교

로마 이름	그리스 이름	로마 이름	그리스 이름
나르키수스	나르키소스	사투르누스	크로노스
넵투누스	포세이돈	사티루스	사티로스
니누스	니노스	아이네아스	아이네이아스
디아나	아르테미스	아이올루스	아이올로스
마르스	아레스	아킬레스	아킬레우스
메르쿠리우스	헤르메스	아탈란타	아탈란테
미네르바	아테나	아폴로	아폴론
오케아누스	오케아노스	에우로파	에우로페
울릭세스	오디세우스	오르페우스	
유노	헤라	트라키아	트라케
유피테르	제우스	트로이아	
이카루스	이카로스	티스베	
이타카	이타케	파르나수스	파르나소스
케레스	데메테르	파르카이	모이라이
쿠피도	에로스	파리스	
바쿠스	디오니소스	파우누스	판
베누스	아프로디테	피라무스	피라모스
불카누스	헤파이스토스	헤르쿨레스	헤라클레스

바로크 양식

르네 웰렉René Wellek은 문학에서 바로크 양식을 정의하려던 모든 시도는 실패했다고 말한다. 다양한 요소들이 거론되었지만 무엇도 보편적으로 적용되지 못한다는 점을 이유로 들었다. 정의란 배제를 통해 동질성을 모으는 방편인데, 복잡한 시대의 복합적인 문학에서 그러한 일은 사실상 이루기 어렵다. 그럼에도 정의의 필요성은 늘 요구되고 있다. 공고라의 경우 〈고상하고 고매한 양식〉이라 정의되는데, 시인의 「폴리페무스와 갈라테아 이야기」(1613)와 또 다른 대표작인 「고독들Soledades」(1613)에서 그와 같은 경향은 분명하고도 탁월하게 나타난다. 물론 이것은 개별 예술 작품 차원의 이야기이지 바로크 양식의 필수불가결한 특징을 말하는 것은 아니다. 이 작품들의 어휘, 형태 구문, 운율 등에서 나타나는 흔적들 역시 바로크 양식을 일관하는 요소는 아니다. 그런데 공고라 작품은 본질적으로 자기 시대의 문학이다. 그의 작품은 가히 혁명적이라 앞선 세기에서나 한 세기 뒤에서는 결코 탄생할 수 없었을 특징을 갖고 있다. 1613년의 공고리즘(공고라주의)은 그때까지 등장했던 모든 문체적인 기법들을 조합, 연합, 통합한다. 스페인 바로크 작가들은 모두 그러한 기법을 한두 가지 아니면 여러 가지를 구사하며 글을 썼지 모든 기법을 동원하지는 않았다.

프랑스와 영국 바로크 문학의 특징을 정리한 오데트 드무르그Odette de Mourgues는 단순하게 세 가지로 분류한다. 상류층의 현학적이고 우아하며 〈세련된〉 양식, 삶을 문제로 받아들여 철학적으로 표현하는 〈형이상학적〉 양식, 그리고 놀라움을 불러일으키는 표현을 지향하며 장식으로 가득한 감각적인 〈바로크〉 양식이다. 이 이론에 의하면 바로크가 세 가지 양식 중의 하나이면서도, 이 모두를 통칭하는 용어이기도 하니 혼란스러워진다. 바로크 전문가 프랭크 J. 원케Frank J. Warnke에 따르면 바로크란 문학사에서 상대적으로 새로운 양식인데, 명시적 의미를 두고는 의견이 분분하다. 르네상스와 신고전주의 사이 양식을 포괄하는 명칭이라 하고, 16세기 말부터 17세기 중반까지 문학의 시대적 특성이라 하기도 한다. 또 한편 〈17세기〉 또는 〈후기 르네상스〉라는 용어보다 〈바로크〉(포르투갈어에서 온 단어로, 모양이 불규칙한 진주를 뜻한다)란 용어가 그 시대를 더 잘 대변한다고도 한다. 한 시대를 지칭하는 용어로서 바로크는 하나의 양식이 아니라 같은 줄기에서 나온 다양한 양식의 집합체로 보는 편이 옳을 수도 있다. 그렇다면 그토록 다양한 양식 중 하나가 〈형이상학적〉 성격을 띠고 사회적, 예술적 〈세련주의〉라는 이름으로 호기심을 자극하는 현상이라고 정의할 수 있을 것이다. 그리고 바로크 시인이라고 불리는 자일스 플레처Giles Fletcher, 잠바티스타 마리노Giambattista Marino, 아그리파 도비네 Agrippa d'Aubigné, 안드레아스 그리피우스Andreas Gryphius, 요스트 판 덴 폰덜Joost van den Vondel과 공고라 등의 작품을 보면 감각적인 이미지와 감탄을 불러일으키는 구문, 놀랍고도 경이로운 성격을 띤 양식이 특징이다. 누군가는 바로크를 르네상스에 반동하는 예술로 보고 독창적인 기법까지 부정하기도 하는데, 바로크는 오히려 그런 기법들을 과잉되게 확장한다고 보는 편이 맞을 성싶다. 르네상스 형식을 고수하되 다른 내용을 담고 있는 것이다. 예를 들면, 소네트 양식을 사용하되 복잡한 언어로 표현한 바로크 작품을 떠올려 볼 수 있다.[1]

〈세련주의〉나 〈형이상학적 양식〉을 좀 더 넓은 의미로 이해한다면 모두 바로크 양식으로 볼 수 있다. 공고라의 시가 그렇다. 그의 작품은 이 세 가지 양식의 특성을 모두 갖고 있다. 앞으로 소개할 작품을 통해 이해할 수 있겠지만, 일단 무엇으로도 대체 불가능한 〈공고리즘〉은 열외로

놓고 스페인 바로크 문학의 특징부터 살펴보자. 스페인 바로크 문학은 다행히도 기본적으로 두 개의 개념으로 정리할 수 있다. 과식주의와 기상주의이다.[2]

　과식주의는 어휘나 구문을 라틴어화함으로써 시어의 귀족화를 모색한다. 스페인어의 뿌리가 라틴어이니 그럴 수 있다는 차원이 아니라, 일반적으로 허용되는 한도를 훨씬 넘어서는 수준의 라틴어화이다. 그리고 놀라울 정도로 파격적인 수사를 사용한다. 그중 은유와 과장과 대조가 지배적이다. 문장을 지나치게 치장하고, 대비로 사물을 도드라지게 표현하며, 오감을 통해 형상을 경이롭게 받아들일 수 있도록 드러내 준다. 그래서 공고라의 시어는 〈세련주의〉라는 용어로는 담아내지 못할 정도로 미학적인 측면에서 완벽하다. 현학적이거나 젠체하는 느낌을 주는 미학과는 거리가 멀다. 그의 추종자들이 흉내 낸, 그래서 스페인에서 이단자로 통하는 종교 개혁자 루터의 이름을 딴 〈루터주의〉[3]라는 이름으로 격하되고 조롱당하던 사이비 미학이 아니다. 대중 문학과 구별되는, 세련되고 우아하며 품위 있는 엘리트 문학에 대한 의식과 문화에 대한 인식에서 탄생한 것이다.

　사실 공고라의 과식주의는 하늘에서 갑자기 벼락처럼 떨어진 것이 아니다. 스페인에 페트라르카 미학이 도입된 뒤로 조금씩 개발되어 온 미학의 결과물로 볼 수 있다. 페트라르카 미학은 시를 단지 선택된 소수를 위한 영감의 소산으로 보는 예술론에 근거하고 있다. 시적 상상력은 신이 내린 영감임을 강조하면서 아리스토텔레스의 모방론과 규칙 이론에 맞선다. 공고라는 여기서 한참 더 나아간다. 영감을 위한 〈예리함〉이 강조된다. 이는 명철하고 창조적인 상상으로 자극을 받는 지력이자, 빠른 분석 및 판단 능력, 그리고 뛰어난 총명함과 날카로운 직관력이다. 이러한 능력이 없다면 뛰어난 시인이나 예술가가 될 수 없다. 공고라는 자신의 시를 두고 난해하다며 책망한 사람들에게 아마도 이렇게 대답했을지 모른다. 무지는 악이지 덕이 아니다. 그렇다면 뛰어난 감각과 지혜로운 기발함은 덕이며, 이러한 덕으로 생산된 시가 보통 사람들에게 난해하다고 해서 죄가 되는 것은 아니다. 시가 어려우면 어려울수록 의미를 파악하고자 노력하며 머리를 쓰면 지적으로 즐겁다. 뇌를 만족시키려면 더더욱 시를 어렵게 써서 자극을 줘야 한다.

이렇게 박식한 미학은 당시 모든 나라에서 옹호되었다. 무엇보다 박식하지 않으면 위대한 시인이 될 수 없었다. 여기서 〈박식함〉이란 언어의 박식함과 시 소재의 박식함을 동시에 의미한다. 로마인들이 그리스어 어휘나 표현을 가져와 자신들의 언어를 풍요롭게 했듯이, 시인이 라틴어 어휘를 가져와 통속 스페인어를 귀족적으로 만들지 않을 이유가 없다고 생각했다. 여기에 더하여 시는 표현하고자 하는 생각을 속으로 감추어야 한다고 했다. 표현

대상은 외적인 현실이 아니라 내면에 있는 무엇으로, 독자는 사물과 사물의 상호 관계를 대담한 발상으로 분석하여 파악해 내야 한다. 예리함과 시적 박식함이 가장 고양된 예술을 창작하기에 시인은 의미를 숨기고자 가능한 한 더 깊이 들어가고, 읽는 이는 숨겨진 의미를 밝히고자 애쓰며 지적 즐거움을 누린다.

이러한 논리를 정리한 이론서가 1648년에 스페인에 등장한다. 공고라가 사망하고 21년이 흐른 뒤에 발타사르 그라시안Baltasar Gracián이 『예리함과 기발함의 예술Agudeza y arte de Ingenio』을 출간한 것이다. 〈예리함〉은 기발함을 작동시킬 가장 고양된 수단이고, 그 목적은 예리하고 기발한 말을 만드는 데 있다. 예리함을 발휘할 수 있는 가장 빼어난 지적 능력이 창조력인데, 이것은 기발해야 한다는 뜻이다. 즉 그라시안은 기발한 창조력으로 예리함을 작동시켜 진기하고 빼어난 말을 만들어 내는 예술에 대해 말한다. 예리함과 기발함이 부족하다면 작품은 빛이 없는 태양과 같다고 본다. 이 〈예리함〉이 훗날 기상주의와 동의어로 사용되면서, 기상주의가 〈예리함〉 대신 문학 성격을 지칭하는 보편적인 용어가 되었다. 기상주의란 특별한 유형의 은유를 구사하는 독특하고 기발한 표현 양식이다. 여기서 특별한 유형이라 한 까닭은 이전의 은유가 원래의 대상을 장식하고 지시하는 기능을 가졌다면, 이 유형의 은유는 사물을 새로운 눈으로 보게 하기 때문이다. 두 개념 사이가 녀무 멀어 독자의 정신 속에 사물 간의 새로운 질서를 유발하는 것이다.

이 〈예리함〉 역시 17세기에 갑자기 나타난 건 아니다. 앞선 라틴 문학과 스페인 15세기 궁정 시와 16세기 문학에서도 만날 수 있다. 상반되는 의미를 함께 제시하는 역설적 표현과 억지스러운 비유 및 라틴어화가 특징이다. 하지만 제비 한 마리가 여름을 가져오는 법은 없다. 17세기에 들어서면서 그와 같은 사고와 표현 방식이 문학 이론의 뒷받침을 받아 특이한 방식으로 강화되고 고착되었다. 모방에서 창조로 옮아가면서, 외형적으로 유사하지 않은 사물들에서 원래는 없는 유사성을 짜내듯 끌어내게 되었다. 이성적·논리적 이해가 가능한, 정상적인 은유가 끝나는 곳에서 〈예리함〉은 힘을 얻는다. 전통적 사고가 더는 매력을 발휘할 수 없는 시점에, 말과 사물의 유사성이 끝나고 재현의 힘에 의존하지 않는 시점에 정상적인 은유는 생명력을 잃는다. 짐작할 수도 생각할 수도 없는 사물이나 생각 간의 조응, 대응, 상응 관계를 상상과 직관으로 끌어내어, 보통 문학 양식에서 허용되는 한계를 넘어서는 어휘나 구문을 사용하는 등 경이로울 정도로 현란한 수사를 구사한다면, 그것이 바로 〈예리함과 기발함〉의 문학이다. 이러한 문학은 16세기 시인 누구도 구현하지 못했다.

과식주의의 수사는 과하다. 음성학 차원에서는 의성어

를 사용하고, 가깝게 놓인 단어들의 첫 자음이 반복되는
두운법(예를 들어, **트레스 트리스테스 티그레스**), 또는
같은 모음의 반복, 또는 같은 뿌리를 가진 다양한 단어의
나열(예를 들어, **아세르** 이 데스**아세르** 토도 에스 케**아세**
르) 등을 구사한다. 형태 구문론 차원에서는 과격한 도치,
행 내에서 같은 단어의 반복, 행 앞쪽, 또는 말미에서 같은
단어의 반복(예를 들어, **너의** 말 **뒤로, 너의** 입맞춤 **뒤로, 너**
의 눈물 **뒤로, 너의** 이별 **뒤로** 내겐 아무것도 남지 않았지),
행의 시작과 마지막을 같은 단어를 사용하는 첩어법, X
자로 교차해서 반복하는 기법, 개념에 생동감과 힘을 주
기 위한 접속사, 동사 등의 생략, 강조를 위한 대구, 대조,
말의 차례를 바꾸어 쓰는 도역법 등을 사용한다. 어휘 면
에서는 라틴어, 이탈리아어, 신조어, 동음이의어를 애용
한다. 의미 면에서는 신화를 언급하고, 은유, 비유, 제유,
환유의 사용 빈도가 높다. 한 단어를 다양한 의미로 구사
하고, 미적 효과를 거두기 위해 일상 언어를 배제하며, 거
친 용어나 듣기에 거북한 낱말을 돌려서 표현하거나, 적
은 수의 낱말로 표현될 수 있는 바를 여러 말로 설명하는
완곡어법 등을 구사한다. 의인법, 반대되는 의미의 두 단
어를 함께 사용하는 모순어법(예를 들어, 검은 태양, 슬픈
즐거움, 얼어붙은 불, 어두운 빛, 자정의 태양), 사람의 신
체 일부나 사물의 일부로 특정 명칭이 없는 사물의 일부
를 칭하는 전의법(예를 들면, 칼날, 톱날, 동굴 입구, 탁자

다리, 병목), 과장법 등이 화려하게 펼쳐진다. 매력적인 시의 이상향, 창조적이고 예리한 상상력에 영감과 직관을 더한 지적인 시를 지향하다 보니 모든 수사법이 총동원되는 느낌이다. 의미 파악이 어려우면 어려울수록 예리하고 기발한 지적 능력과 폭넓은 지식이 요구되므로 궁극적으로 지적 능력이 배양되고 새로운 경험을 통해 새로운 세상이 열린다. 머리만이 아니라 귀를 즐겁게 하면서 오감이 즐겁도록 이미지 사용이 두드러지고, 장식 차원을 넘어서는 아름다움이 강조되어 시가 세련되어진다. 상반되는 것을 인위적으로 합쳐서 조화를 이루고 새로움을 모색하는 특별한 유형의 즐거움도 있다. 평범한 감정인 슬픔과 기쁨, 추함과 아름다움, 부드러움과 강함이 결합되어 불러일으키는 맛이다. 고도의 은유는 일체의 내적 연관성이 제거되어 있어 난해하고 신비롭고 기괴하고 부조리하기까지 하다.

기상주의는 특히 개념의 예리함에 집중한다. 그라시안의 『예리함과 기발함의 예술』은 특히 기상주의에 주목하여, 〈예리함〉을 유사하지 않은 것에서 유사성을 직관하는 능력이라고 한다. 이 이론은 아리스토텔레스의 시학에서 말하는 은유의 개념에서 유래한다. 미묘한 수수께끼 같은 불가사의한 유사성을 공급하는 도구가 은유인데, 이러한 은유가 고도하려면 예리한 지적 능력이 요구된다. 다음의 시는 기발함의 대가인 시인 케베도의 소네트[4]이

다. 앞으로 보게 될 공고라 시의 기발함과 고전 신화의 효
과를 미리 맛볼 수 있는 작품이라 여기에 소개한다.

> 만일 그대가 그대의 머리카락을 너그러이 푸신다면,
> 아름다움에 목말랐던 나의 가슴은
> 넘실대는 황금의 폭풍우 속에서
> 순수하고도 불타는 빛의 바다를 헤엄치겠소.
>
> 태풍을 안은 불의 바다에 레안드로스는
> 자기의 사랑을 으스대다 생을 마쳤으며,
> 잘못 든 황금의 길에서 이카루스는
> 영광되게 죽고자 자기의 날개를 태웠소.
>
> 난 죽어 버린 희망으로 울지만, 나의 가슴은
> 불사조의 열망을 갖고 희망에 불을 지펴
> 죽음이 생명을 낳기를 꾀하고 있소.
>
> 탐욕스럽고 부자였지만, 보물에 있어 가난함은
> 벌에서는 미다스를 따르고,
> 배고픔에서는 도망가는 황금의 샘에 있는 탄탈루스
> 를 좇으오.

이 시는 아주 간단한 사건에서 시작된다. 시인이 사랑

하는 여인이 머리를 푸는 것을 보았다. 그런데 이 풀어진 머리카락이 네 개의 기발한 개념으로 변화한다. 첫째, 풀어 헤쳐진 머리카락은 넘실대는 바다이고 폭풍우인지라 바다를 헤엄치는 자를 위협한다. 둘째, 머리카락이 금발이므로, 금인지라 욕심나는 보석이다. 셋째, 머리카락은 〈순수하고도 불타는 빛〉인 태양의 광선이자 이 광선이 지나가는 길이기도 하다. 마지막 넷째, 이 태양은 태우고 죽이는 빛이며 머리카락은 한꺼번에 이 모든 것을 포괄한다. 폭풍우에 넘실대는 황금이며 빛의 바다이고 불의 바다이며 황금의 길이다. 이 은유들은 단순한 말장난이나 장식을 위한 수사가 아니라 시인이 느끼는 바를 밀도 높게 조립한 근본 요소들이다. 아름다움에 목말라 있는 시인의 강렬한 반응은 폭풍우의 이미지로 나타나며 이는 시인의 마음 상태이기도 하다. 〈순수하고도 불타는 빛〉 역시 시인의 마음으로 불타고, 폭풍우는 그를 묻어 버리고 말 격류를 일으키니 그에 맞서 헤엄쳐 싸워야 한다. 머리카락을 보고 가슴에 불이 붙어 자기를 쓰러트리고 말 격랑에 대항해 싸워야 한다는 감정이 일어나는 가운데 한편으로는 이러한 위기를 이성적으로 조절하고 있다. 기상주의의 묘미가 더해지는 부분이다. 이어 감각적인 면에서 신화적이자 도덕적인 면으로 넘어간다. 〈폭풍우〉, 〈넘실대는 황금〉, 〈빛의 바다〉를 헤엄치는 주체는 신화 속 레안드로스이며, 시인이 헤엄치는 〈불타는 빛의 바다〉는

〈황금의 길〉을 다니는 이카루스로 연계된다. 날개가 녹아 버려 죽게 된 이카루스는 불사조로 이어진다. 이어 황금에 대한 욕구에서 비롯된 미다스의 갈증은 시인의 갈증이고, 이 갈증은 일반적으로 물의 이미지에서 유래한 것으로 탄탈루스의 이미지로 이어진다. 암시와 동화(同化)를 통해 인간이 경험할 수 있는 세상이 열린다. 시인은 여인의 아름다움으로 인해 목이 타고, 그러한 열정은 〈불의 바다〉와 같아서, 시인은 갈망하는 것을 위하여 어떠한 위험도 감수하고, 동시에 무모했던 레안드로스나 야심만만했던 이카루스가 내몰린 죽음까지도 불사한다. 하지만 그러한 열정으로 인한 죽음은 새로운 생명을 낳지 않겠는가. 다시 말해 영원히 되살아나는 불사조가 되지 않겠는가. 이렇게 시인의 가슴은 자문한다. 가슴이 희망에 불을 댕겼다. 하지만 머리는 당연히 아니라고 대답할 뿐이다. 그래서 시인은 죽은 희망으로 인해 울고 있는 것이다. 해소되지 않는 갈증은 목마른 탄탈루스에게서 도망가는 샘에 비유된다. 열정에 대한 벌은 채워질 것 같으면서 영원히 채워지지 않는 배고픔이다. 열정은 인간을 늘 죽음으로 이끌지만, 시인은 이카루스처럼 날개를 펴 〈영광되게 죽을〉 준비가 되어 있다. 새로운 생명을 탄생시킬 수 있기 때문이다. 한편 시인은 아름다움이란 다다를 수 없는 것이고, 열정 또한 아름다움을 영원히 보존할 수도 붙들 수도 없으며, 열정 뒤에는 고통과 참담함이 있는 법인지라 영광과 허무 사이에서 괴로워한다. 아름다움이라는 보물을 손에 넣었다 하더라도 그것은 〈황금의 샘〉이 도망가듯 금방 달아나 버려 시인을 채워지지 않는 허기와 불행으로 내몰기 때문이다. 이렇게 인간은 머리와 가슴의 처절한 투쟁 속에서 사는 존재임을 보여 주고 있다. 여기서 질문 하나. 만일 이 작품에 신화적 암시가 없었더라면 어땠을까. 내용이 주는 긴장감이 훨씬 미약하지 않았을까. 작가가 추구하려던 효과를 온전히 얻을 수 없지 않았을까. 무엇보다 이러한 요소들이 기발하게 엮이지 않았더라면, 새로움이나 예술적 가치를 논할 시가 못 되었을 것이다. 기발함 덕분에 시인의 개인적 경험만이 아닌, 공간과 시간을 초월한 전 인류의 경험이 단지 14행의 시에 함축될 수 있었다.

공고라가 1585년에 쓴 로만세[5]는 은유가 아닌 일상어로 기상주의의 예를 보이고 있다. 한 무어인이 스페인의 포로가 되어 끌려가면서 끝없이 한숨짓고 눈물을 보이자, 스페인 대장이 연유를 묻고 포로는 답을 하게 되는데, 사랑하는 여인 때문이었다. 어떻게 그 여인을 사랑하게 되었는지를 대장에게 말하는 대목이다.

제집 가까이에 살았기에
가까워서 죽는 줄 알았지요.

첫 행 〈가까이〉는 이들이 이웃이었음을 알린다. 두 번째 행의 〈가까워〉에서는 물리적인 거리와 함께 감정적인 거리도 느낄 수 있다. 그리고 〈살다〉와 〈죽는다〉가 대조를 이루고, 포로가 지금은 살아 있으나 앞으로 죽음에 이를 수 있음도 내포하고 있다. 이러한 사실은 과장이기도 하다. 독자들에게 친숙한 전통 로만세 내용이라, 독자들은 결말을 이미 알고 있다. 두 작품에서 포로는 사랑하는 여인을 만나고 다시 온다는 조건으로 풀려난다. 이렇게 간결한 두 행 속에 이토록 다양하고도 상응하는 의미를 들여놓는 것, 바로 이것이 예술적 창조적 상상인 기발함이다.

그라시안의 이론서로 정립된 기상주의는 본 바와 같이 사물과 사물, 개념과 개념을 잇는 요소를 예리하게 직감하고 이해하는 이에게 지적 즐거움을 준다. 이를 기본으로 하면서, 음악성을 통한 청각적 즐거움, 이미지를 통한 시각적 즐거움을 주고 라틴 구문과 라틴어를 사용함으로써 아름다움이라는 프리즘을 통해 삶의 진리를 이해하도록 한 시인이 공고라이다. 이러한 문학 양식이나 문체, 흐름을 과식주의 또는 대표 주자의 이름을 따서 공고리즘, 즉 공고라주의라 이름한다. 한 사람의 이름으로 하나의 체계화된 이론이나 학설이 탄생했으니, 이것만으로도 공고라의 존재는 빛이 날 만하다.

기상주의에서 예리함은 상상적, 미학적인 지적 예술 행

위로 개념의 교묘하고도 기발한 조합을 도출하며 인위적인 성격을 띤다. 공고라가 이를 기반으로 하여 감각적이며 관능적인 아름다움을 모색한다면, 케베도는 기상주의의 대표 주자로서 간결하고 신랄한 표현으로, 최소한의 단어로 의미를 최대한 응축하고 다양한 의미가 집중되도록 한다. 간결한 표현을 요구하는 금언이나 수수께끼 같은 시, 시보다는 산문에 더 잘 어울리는 기상주의의 모토는 〈좋은 것, 짧으면 두 배로 좋은 것〉이다.

인식에는 세 단계가 있다. 가장 낮은 단계가 감각을 통한 인지이다. 다음 단계가 이성을 통한 인지이다. 구분하는 것이다. 〈이것〉이면 〈저것〉이 될 수 없는 반대 원칙에 입각한다. 〈이것〉과 〈저것〉은 서로 배척한다. 가장 높은 단계는 종합하고 조화롭게 아우르는 지성을 통한 인지이다. 모순되고 공통점이라고는 전혀 없는 것을 아우르는, 이해력이라고 말할 수 있는 이 지성은 논리적으로 설명하기가 어렵다. 논리적 기술은 이성의 언어가 하는 일이기 때문이다. 그래서 이해의 지성은 의미를 설명하기보다 암시하는 언어를 사용한다. 유사와 상징이다. 정(正)과 반(反)이 일치하는 존재가 신인데, 바로 이런 이유로 신의 말씀이 일상어로 적혀 있지 않은 것이다. 공고라는 이러한 유사와 상징에, 이성과 논리를 넘어서는 신의 계시 같은 예리함과 기발함의 언어를 더한다. 〈유사〉와 〈상징〉은 전통의 기법이지만, 〈예리함〉과 〈기발함〉은 독자로 하여

금 상상하고 생각하게 만드는 미래를 향하는 기법이다. 그래서 공고라를 전통의 도상에 놓고 반드시 일어날 수밖에 없는 자연스러운 진화론적 문학을 일군 시인으로 보는 사람이 있고, 결코 본 적 없는 문학, 과거로부터의 탈피에 주목하여 파격적인 문학을 열어젖힌 시인으로 보는 사람도 있다.

공고라의 삶과 스페인

〈스페인의 호메로스이자 안달루시아의 백조〉라 불리는 루이스 데 공고라 이 아르고트는 코르도바에서 1561년 7월 11일에 태어났다. 아버지 돈 프란시스코 데 아르고트는 종교 재판소에서 몰수한 재산을 심사하는 판사였고, 어머니 도냐 레오노르 데 공고라는 스페인 하급 귀족 이달기아 작위를 갖고 있었다. 스페인 이름에서 보통 아버지 성 다음에 어머니 성이 오는데, 공고라는 어머니 성을 먼저 썼다. 이름에서조차 리듬감을 생각했기 때문이라고 한다. 여기에 더해 공고라의 교육을 책임졌던 외삼촌 프란시스코 데 공고라에 대한 애정의 표시로 해석하는 사람도 있다. 외삼촌은 그 지역 종교 기관의 말단 사제로 일하며 받았던 교회 보조금을, 무의미한 액수이기는 하지만, 훗날 조카에게 넘겼다고 한다. 시인을 살라망카 대학으로

장 드 쿠르브 Jean de Courbes, 「공고라의 초상」(1630).

보낸 사람도 외삼촌이다. 시인은 1576년에서 1580년까지 4년을 대학에서 보냈으나 학위는 받지 못했다. 주로 문학 활동과 잡기에 대부분의 시간을 보냈다고 한다. 시인의 첫 번째 시는 열아홉 살이 되던 1580년에 쓴 것이다. 종교 기관에서 주는 보조금을 받으려면 교회에서 직책을 맡아야 하는데, 공고라는 그럴 의사가 전혀 없었다. 마지못해 성당 합창단원으로 봉사했다. 1587년 새 주교가 부임해 기관의 보조금을 받는 사람들이 의무를 제대로 이행하는지 조사했다. 그는 공고라가 성당 봉사를 게을리하고 기도보다 잡담을 더 많이 하며, 사제들에게는 금지된 투우 경기를 보러 다니고 연극배우들을 자주 만나고 불경스러운 시를 짓는다는 사실을 알게 되었다.[6] 공고라는 주교의 질책을 진지하게 받아들이지 않았고 자신은 잘못이 없다고 주장했다. 미사 드릴 때 오른쪽 사람은 귀가 먹었고, 왼쪽 사람은 계속 노래하고 있어서 잡담할 겨를이 없었다는 것이다. 그리고 자기는 아직 젊은데, 늙은이처럼 살기를 강요하지 말아 달라며, 자기가 쓴 시를 이단으로 판단하지 말고, 신학에 무지해 그런 경박한 시를 쓴 것이니 이해해 달라 했다. 이러한 상황과 그가 쓴 신랄한 풍자시를 보면 공고라는 아주 냉소적이면서도 재치 있고 활달하며 수다쟁이로 잡기에도 능한 자유로운 영혼의 소유자 같다. 주교는 가벼운 벌금을 물렸고 투우 관람을 삼가고 좀 더 경건한 삶을 살 것을 요구했다.

이후 공고라는 대성당 성직자로 일하며 여러 곳을 돌아다니게 되는데, 1602년에는 임시 궁정이 있던 바야돌리드에 머문다. 궁정은 7년 뒤 마드리드로 옮겨졌다. 그사이 공고라는 당시 문인들이나 귀족들과 친분을 맺고 왕의 총신인 레모스 백작과 레르마 공작의 비호도 받았다. 성직자로서 얻은 수입은 자신의 조카에게 양도함으로써 합창단에 봉사하지 않아도 되었다. 하지만 1609년 궁에서의 진중하지 못한 처신과 공격적이며 비사교적인 성격으로 케베도와 로페 데 베가Lope de Vega에게 상당한 적의를 불러일으켜 곤경에 처하게 된다. 고향으로 돌아간 그는 1617년까지 코르도바 근교에서 세상과 등진 채 시작에 전념하여 1613년 5월 친구 돈 페드로 데 카르데나스에게 막 집필을 끝낸 「폴리페무스와 갈라테아 이야기」와 「고독들」의 일부 원고를 마드리드의 문인들에게 알려 주기를 부탁한다. 「고독들」의 형식과 내용에는 전원생활에서 본 풍경과 궁정 생활에서 느낀 환멸, 스페인의 정치적 운명과 시인의 바람이 반영되어 있다. 궁에서 지내는 동안 느낀 긴장과 모순이 미학 형성에 일조했던 것 같다. 환멸을 맛보고도 궁정 생활에 미련이 남아 있었던지, 1618년 시인은 다시 마드리드로 돌아간다. 레르마 공작이 왕실 사제직을 준다며 유혹한 것으로 알려져 있다. 그 직책을 수행하려면 성직을 서품 받아야 했지만, 레르마 공작과 공작의 총신인 돈 로드리고 칼데론의 비호하에 생애 가장 행복한 시절을 보내며 예술적 능력의 최정점에 오르게 된다. 하지만 1621년, 권력이 새로 부상하던 올리바레스 공작에게 넘어가면서 공고라는 단 3년 만에 모든 총애를 잃고 만다. 시인의 말년은 크게 기울어, 빚 때문에 살던 집에서 쫓겨나고, 기억 상실이라는 정신적 쇠락, 뇌졸중이라는 육체적 쇠락에 이르며, 결국 1627년 고향 코르도바로 돌아가 같은 해 5월 23일에 사망한다.

공고라의 과식주의가 가장 무르익었음을 보여 주는 1613년의 작품들은 당시 스페인 문학 세계에 엄청난 충격을 줬다. 그가 선보인 새로운 시는 이해될 수 없으며, 어휘와 구문은 스페인어가 아니라 라틴어로 현학의 극치를 이룬다는 부정적인 평가가 넘쳐났다. 시인에게 쏟아진 비난과 그의 시에 대한 풍자와 패러디 때문에 애초 4부작으로 약속한 「고독들」이 2부조차 미완으로 끝난 것인지 모른다. 돼지들에게 진주라니 어림없는 일이라고 생각할 만큼 시인의 자존심이 허락하지 않았던 모양이다. 물론 그의 시를 옹호하고 찬미한 사람들도 있다. 이들은 시인이 추구하던 예술의 지향점을 인정하였고, 그의 명성은 젊은 세대 사이에서 확실히 자리 잡기 시작했다. 사후 1633년에 그의 전집이 발간되었고 해설서 출간도 줄을 이었다. 이로써 그를 잔인하게 비난했던 케베도나 로페와 달리 공고라는 고전 작가 반열에 올랐다. 1627년 이후에 시를 쓰기 시작한 시인 중에서 공고라의 영향을 받지 않은 사람은 아무도 없다. 페드로 칼데론 데 바르카Pedro Calderón de la Barca는 자신의 극에 공고리즘의 흔적을 남겼고 그라시안의 이론서는 공고라가 없었다면 나올 수 없었다.

바로크 문학은 18, 19세기에 사양길에 접어든다. 프랑스의 몇몇 고답파 시인들과 상징주의 시인들, 특히 폴 베를렌Paul Verlaine은 공고라의 예술에 매혹되었다. 모더니즘 시인 루벤 다리오Rubén Darío는 젊은 시인들을 공고라의 세계로 이끌었고, 이러한 움직임은 스페인 현대시를 이끈 27세대와 페데리코 가르시아 로르카Federico García Lorca에서 정점을 이룬다. 스페인을 대표하는 문학 비평가인 다마소 알론소Dámaso Alonso는 공고라를 17세기 유럽 서정시의 가장 위대한 인물이라 단언했다.

그런데 공고라가 죽자마자 그의 전집이 판매 금지되었다. 그와 동시대를 산 이탈리아의 마리노는 〈이탈리아의 공고라〉로 불리는데, 공고라보다 10년 늦은 1623년에 시집 『아도니스 L'Adone』를 내고 이탈리아의 영웅이 되었다. 리듬과 장식으로 넘쳐 나는 시로 이탈리아의 살아 있는 가장 위대한 시인, 제2의 페트라르카로 추앙되었고, 그가 죽자 고향 나폴리에서 열린 장례식은 성대했다. 살아서는 로마와 라벤나 추기경과 사보이아 공작의 비호하에 명예와 영광 모두를 누렸다. 공고라 역시 그와 같은 삶을 갈망했을지 모른다. 그렇게 살았더라면 기발한 작품들을 더 많이 썼을지도 모른다. 하지만 자연 세계가 품은 아름다운 가치에 대한 향수와 행복의 허망함을 깨닫지는 못했을 것이다. 왕실의 아부가 없었기에, 대중에게 외면당했기에 얻을 수 있었던 깨달음 덕분에, 마리노가 아니라 공고라가 17세기 유럽 최고의 서정시인이 될 수 있었을 것이다.

그렇다면 우리는 여기서, 왜 공고라가 그토록 과한 수사를 추구하고 창조할 수밖에 없었는지 생각해 볼 필요가 있다. 그의 삶은 앞서 보았으니, 당시 스페인 사회를 살펴야 할 차례이다.

공고라가 살았던 시기 스페인은 권력과 제국의 꿈에 빠져 있었다. 곤살레스 데 세요리고Gonzalez de Cellorigo는 자신의 『비망록Memorial』(1600)에서 미겔 데 세르반테스Miguel de Cervantes와 같은 말을 한다. 〈마법에 걸려 자연의 질서 밖에 사는 인간들의 나라.〉 공고라는 스페인인들이 확신에 차서 정복한 신대륙 아메리카 땅을 〈탐욕과 폭력의 피로 얼룩진 시체〉라고 표현한다. 스페인이 제국으로서 물적, 인적, 영적 확장을 하던 시대의 과거와 현재를 참으로 정확히 짚어낸 표현들이다. 스페인 〈황금 세기〉를 정의하는 위대함과 환멸의 궤적을 보여 준다 하겠다. 이는 제국주의적 중상주의 단계에 있던 스페인 경제의 물신 숭배에 대한 성찰이다. 수많은 사람의 목숨 값으로 아메리카에서 빼낸 금은은, 기생충 같은 스페인 궁정의 사치와 본분을 잊은 종교, 그리고 화석화된 군주의 권력을 유지하는 데에만 흔적을 남겼다. 일부는 대귀족과 종교 기관의 힘을 키우는 데 사용되었고, 더 큰 뭉칫돈은 고리로 얻어 쓴 빚을 갚아야 했기에 네덜란드와 제노바의 은행 그리고 영국과 프랑스, 한자 동맹의 항구에 머물렀다. 이런 나라들에서는 신흥 자본주의 세력이 발흥하고 있던 반면 스페인은 그 반대의 길을 걷고 있었다. 금은보화로 얻은 자본이 산업 건설에 투자되지 못하고 인플레와 과중한 세금과 나랏빚 늘리는 근본 요인이 되었다. 경제 침체는 나라 전체로 퍼져 태동하고 있던 중산 계급의 산업과 농업 기반을 파괴했다. 귀금속의 가치가 떨어지고 도입되는 물량이 줄어들며 아메리카와 태평양에서 누리던 독점권이 무너지자 스페인에는 이를 대체할 것이 전혀 없게 되었다. 유럽에서의 군사 패권은 무적함대가 대파된 이후 사라지고 말았다. 반면 떠오르던 유럽의 다른 나라들은 식민지 경쟁에서 앞서 나가 독점적 시장을 구축했다. 중산층의 이상을 내세운 네덜란드는 종교와 정치와 경제를 하나로 운영한, 봉건 절대 국가 체제의 스페인에서 해방되고자 전쟁도 불사했다.

그나마 스페인이 세계의 권력으로 좀 더 존속할 수 있었던 힘은 오직 민중의 엄청난 희생과 국가의 억압에서 나왔다. 17세기 마테오 알레만Mateo Alemán이 자신의 악한 소설 『구스만 데 알파라체Guzmán de Alfarache』에 당시의 상황을 정리해 두었다. 〈페스트가 카스티야로부터 내려

오고 배고픔이 안달루시아로부터 올라온다.〉 이러한 위기는 영국 청교도 혁명에서 중추적 역할을 했던 사회 계층, 즉 중산층을 형성하던 제조업자와 자유농민 그리고 도시의 수공업자들을 소외시켰고 지치게 했다. 거기에 아메리카에서의 직간접적인 원주민 대학살이 배경으로 깔려 있다.

이러한 상황에서 정신 분열을 일으키지 않는 게 도리어 이상해 보인다. 세르반테스의 편력 기사 돈키호테와 유리 석사 같은 인물이 등장한 게 당연해 보인다. 16세기 초 스페인의 야심 차고도 열린 인본주의는 펠리페 2세(1527~1598) 시대의 무비판적 순응주의, 광신적인 애국주의, 종교적 집착과 지적 허세에 밀려 흔적도 없이 사라져 버렸다. 저급한 권모술수에 몰두한 부패한 총신들과 당파 싸움을 일삼던 상층 귀족들은 나락으로 떨어지는 나라를 바로잡을 어떠한 정책도 제시할 수가 없었다. 궁정은 국민의 불만을 잠재우려는 목적으로, 기독교로 개종한 이슬람교도들을 스페인 땅에서 내쫓는 비극적인 기회주의 행태를 보였다. 교회 재산을 몰수하고 대지주의 땅을 서민들에게 나눠 주고 제국주의적 돈벌이를 무효화하려는 움직임이 없었던 것은 아니다. 하지만 막강한 종교 기관을 등에 업은 정치권력은 종교 재판소를 앞세워 인권을 유린하고 공포감을 조장하는 방법으로 모든 시도를 무산시켜 버렸다. 〈순혈주의〉로 밀어붙인 나라 정책은 나라의 두뇌들을 모두 외국으로 내몰았고, 똑똑하면 유대인이라는 여론으로 무지를 자랑거리로 만들었다. 스페인 사회와 경제와 정치는 모두 종교적 사안이 되어 자신의 의지대로 자기의 정체성을 살릴 수도, 자기의 뜻으로 무슨 일을 할 수도 없는 나라가 되어 버렸다. 세요리고는 스페인에 돈이나 금과 은이 없는 이유는 그것을 갖고 있기 때문이고, 부자가 아닌 이유는 부자이기 때문이라고 봤다. 부의 편향과 부동산 집중으로 인한 모순을 꼬집은 것이다. 나라의 부는 돈의 축적이 아닌 생산적인 노동으로 일굴 수 있는데, 노동이 죄가 되던 시대였으니, 결국 나라는 망해 가고 국민은 배고픔에 시달리는 게 당연해 보인다. 이러한 스페인의 위기 앞에 문인들이 취한 자세는 다양하다. 현실에 체념하여 맥 빠진 불평으로 일관하는가 하면, 현실에서 멀어져 예술에서 도피처를 찾기도 했다. 반면 현실 참여 의식이 있던 작가들은 사회를 비난했다. 사회 도덕이 몰락하는 가운데 인간의 추함과 거짓 등을 폭로하는 케베도의 〈금욕적인 경향〉이 나타났다. 칼데론의 「인생은 꿈입니다 La vida es sueño」가 대변하듯, 비록 삶이 꿈이기는 하나 사는 동안 잘 살아야 한다는, 전통적인 낙관주의에서 볼 수 있는 〈도덕적인 경향〉도 나타났다. 마지막으로 운명적으로 따라붙는 환경의 직접적인 압박에서 벗어나 예술의 세상으로 떠나는 〈미학적인 경향〉이 등장했다. 공고라는 세 번째 경우이다. 그는 절대적인 미학을 통하여 모순투성이의 현실, 폐쇄된 사회에서 일탈함으로써 개인의 존재 의미를 드러낸다. 예술로의 도피는 주로 재난의 역사에 대항할 수 있는 유토피아적 이미지의 추구를 의미한다. 이 시대의 예술가들, 이를테면 세르반테스, 화가 디에고 벨라스케스, 그리고 「세비야의 난봉꾼과 석상의 초대 El burlador de Sevilla y convidado de piedra」로 희대의 바람둥이 〈돈 후안〉을 창조한 티르소 데 몰리나 Tirso de Molina 가 그랬다. 그들은 사회, 경제, 정치, 윤리의 문제를 미의 영역으로 이전함으로써 전통적이며 권위적인 집단에서 일탈하여 개인주의 영역을 확장했다. 당시 정치, 경제, 사회, 윤리의 문제는 주어진 언어와 범주로는 도저히 형상화할 수 없었기에 공고라 역시 미의 영역을 개발한 것이다.

미국 피츠버그 대학 스페인 문학 교수인 존 베벌리 John Beverley 는 「고독들」 비평서에서 17세기 영국의 시인들은 권위를 갖춘 체제와 이념을 뿌리내리기 시작한 계층을 고무하는 시를 지었다고 한다. 그들 계층의 열망과 가치를 반영하며 영향력을 행사하는 시를 통해 공동체와 역사에 대한 개념과 개성, 도덕 윤리, 혁명의 합법적인 의미들을 성찰하게 했다고 한다. 태동하고 있던 이념에 봉사하는 예술로서 새로운 나라를 만들 방법을 직관하도록 했다는 것이다. 이렇게 영국을 필두로 여타 유럽 국가들은 근대성을 이루어 나가고 있었다. 그러나 공고라는 스페인에서는 어떠한 신뢰도 어떠한 가능성도 희망할 수 없다고 보았다. 인간을, 역사를 배반한 조국의 역사를 인간적으로 이해하고자 할 뿐 다른 방도가 없음을 알았다. 그렇게 이해한 바를 암시와 긴장으로 풀어낸 것이 바로 공고리즘이다. 그러니 그의 작품을 이해할 사람은 당연히 많을 수가 없다. 공고라처럼 현실에서 환멸을 맛보고 스스로 고립되고 소외되어 자신의 존재 의미를 고민할 수 있는 사람이나 가능했을 터이다.

공고라의 1613년 작품은 스페인의 깊은 위기에 직면해 작가 내면의 공허감과 패망한 조국의 모습을 겉으로 보기에는 무심하게 시로 풀어낸 것이다. 그래서 공고리즘을 내용 없는 화려한 껍데기로 보는 이들도 있다. 공고라는 시인으로서 역사적 순간에 자신의 존재 안에 가장 심오한 모순을 품어 예술로 승화시켰다. 문학의 근본적인 자질, 즉 언어를 새롭게 하고 개혁하여 기존 질서에 도전하고 자유로운 감성으로 새로운 이미지를 만들어 내는 일은 예술이 사회적 한계를 초월하고 담론으로 주어진 세계로부터 해방되고자 할 때 가능하다. 그래서 기존 예술 작품의 내적 논리는, 지배적인 체제에 세워진 감각과 이성에 맞서는 다른 이성과 다른 감각의 출현으로 막을 내리고 또 다른 영역으로 들어가게 된다. 관점의 전환을 시도해 기존 관념이나 사물의 질서에서 벗어나 관습화된 일상을 뒤집어 보는 일이니, 기존 체제에 길들여져 있던 사람들은 공고라의 과식주의를 이해하지 못하는 게 당연하다.

공고라 대(對) 케베도

공고라보다 열아홉 살이나 젊은 케베도는 공고라의 시를 무한대로 패러디하고 우스꽝스럽게 만든 대표적 인물이다. 두 사람 모두 강하고 공격적인 성향을 지녔던 터라 상대의 비난을 가만히 두고 보지 못했다. 공고라만큼 천재적이었던 케베도는 공고라가 자신을 비아냥댄 시를 보고는 공고라 시를 공격하기 시작했는데, 두 사람이 서로를 공박하는 시는 문학사에 다시없을 만큼 기발하다. 각자의 미학과 개인적 문제를 두고 언어를 완벽하게 장악하여 번뜩이는 재치로 주고받은 시는 〈모욕 예술〉의 백미를 이룬다. 다음 시에서 케베도는 자기 지침만 따르면 공고라의 시는 단 하루 만에 쓸 수 있다고 비꼬며, 공고라가 시를 어렵고 아름답게 할 목적으로 빌리고 만들어 낸 언어들을 열거해 보인다.

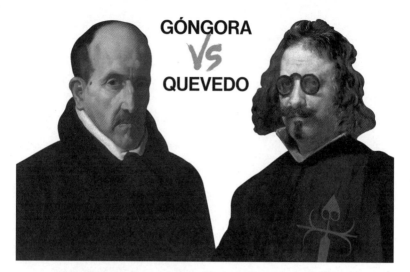

디에고 벨라스케스Diego Velázquez, 「루이스 데 공고라 이 아르고트」(1622).
후안 반 데르 아멘Juan van der Hamen, 「프란시스코 데 케베도의 초상」(17세기 중반).

하루 만에 「고독들」을 쓸 수 있는 처방전으로, 박식한 척하는 사람들이 항해할 수 있도록 안내하는 나침반

하루 만에 공고라가 되기를 원하는 자는
다음과 같은 은어들을 배우면 되리라.
〈번쩍임〉, 〈양자로 하다〉, 〈젊은이〉, 〈직관하다〉,
〈솔직함〉, 〈건설하다〉, 〈운율〉, 〈조화〉.
〈조금〉, 〈많이〉, 〈만일〉, 〈아니〉, 〈자줏빛의〉,
〈불편부당〉, 〈위반하다〉, 〈제정하다〉, 〈정신〉,
〈고동치다〉, 〈자랑해 보이다〉, 〈해방하다〉, 〈청소년〉,
〈신호〉, 〈옮기다〉, 〈문장의 끝〉, 〈좌절하다〉, 〈하르피
이아〉.
〈양보하다〉, 〈막다〉, 〈절단면〉, 〈오만불손한〉,
〈투기장〉, 〈꿀을 빨다〉, 〈문지기〉, 〈은도금하다〉, 〈번
갈아 하다〉.
〈액체의〉와 〈유랑의〉를 많이 쓰고
〈밤의〉와 〈동굴〉은 조금 쓰라고.
이미 카스티야 전체가
단지 이 초보 독본으로
혼란스러운 소네트를 쓰면서
바빌론의 시인들이 되고자 하지.
그리고 라만차에서는
마늘로 배를 가득 채운

목동들과 머슴들이 이미
빵가루 만들듯 「고독들」을 만들고 있지.

〈하르피이아〉는 그리스 신화에 나오는 여자 얼굴을 한
새로, 약탈하는 여성이란 뜻이다. 〈카스티야〉는 광활한
영토와 행정의 중심으로 현재의 스페인이 있게 한 중요
거점이었다. 〈라만차〉는 카스티야 지역 중의 하나이다.
카스티야 지역 전체가 〈바빌론의 시인들이 되고자 하지〉
라고 쓴 연유는 이렇다. 고대 도시 바빌론에서 사람들이
바벨탑을 쌓아 올리며 하늘에 도전했다. 신은 이들이 한
종족이라 말이 같아서 이런 일을 벌인다고 보고 이들을
모두 세상에 흩어 말을 뒤섞어 놓았고 공사는 중단되었
다. 히브리 언어로 〈바빌론〉은 〈혼란〉을 의미하기도 한다.
그러니까 이 표현은 〈정신없이 혼란하다〉라는 뜻이다.
〈라만차〉는 서민들의 음식인 마늘수프로 유명한 지역
이다.

공고라에 대한 반감으로 케베도는 지독한 반유대주의
가 되어, 순수 혈통의 기독교도임을 최고의 가치로 여기
던 시대에 공고라가 유대계라는 사실을 신체적인 면까지
들먹이며 까발리고 소네트로 공격한다.

내가 내 작품에 돼지기름을 발라 줄 걸세,
내 작품을 물어뜯지 말라고 말일세, 이 공고라 양반아.

카스티야 천재들의 개이자
음담패설의 박사, 거리의 건달패처럼 말일세.

남자도 못 되는 주제에 당치도 않게 사제라니.
초보 독본을 십자가도 모르면서 배웠지 않은가.
코르도바와 세비야의 잡소리꾼,
궁정에서는 신성화된 광대.

그런 자네가 왜 그리스어를 검열하고 야단인가?
유대 랍비인 주제에.
자네 코조차 부정하지 못하는 거 아닌가?

제발 더 이상 시 쓰지 마시게.
비록 자네가 쓴 것들이
반역의 사형 집행인으로 인해 자네를 유혹한다 해도
말일세.

유대인은 돼지고기를 먹지 않는다. 세르반테스가 당시
스페인 국민극의 아버지라 추앙받던 로페를 가리켜 일컬
은 〈천재들의 왕자〉를 케베도는 〈천재들의 개〉로 바꿨다.
당시 유대인을 〈개〉라고 불렀다. 〈공고라 양반〉은 공고라
이름에 축소 접미사를 붙인 〈공고리야〉를 번역한 것으로,
축소 어미가 경멸조로 사용된 경우이다. 〈남자도 못 되

는〉은 케베도가 공고라를 겁쟁이에 성적으로 불능하고, 젊은 시인들을 악습으로 내모는 자로 비난하는 표현이다. 검술에 능하고 신체적으로 강했다는 케베도는 그러지 못한 공고라를 향해 이렇게 이기죽거렸다. 스페인 학교에서 처음으로 배우는 교재가 초보 독본인데, 교본 첫 장에 십자가가 그려져 있다. 예수 그리스도의 가르침을 담고 있다는 의미이고, 기독교인들은 이를 모든 지혜의 근원이라고 봤다. 그런데 유대인들은 예수를 신의 아들로 보지 않아 신약 성서를 인정하지 않는다. 그러니 케베도에게 공고라는 가장 기본적인 지식도 없으며, 자신의 유대계 피를 숨기기 위해 거짓으로 사제가 된 인물이다. 〈코르도바〉는 공고라의 고향이고 〈세비야〉에는 당시 궁정이 있었다. 그러니 이어 〈궁정〉이 나오고, 공고라가 궁정 사제였으니 〈신성화된〉 광대인 것이다. 두 도시는 광대처럼 입담 좋고 익살스러운 사람들로 유명하다. 케베도의 언어유희는 별나다. 원문을 보면 〈유대 랍비〉의 랍비rabbi를 〈rabi〉로, 유대인judío을 〈judía〉로 썼다. 케베도의 기발한 말장난이다. 〈rabi〉는 스페인어 〈rabo〉(콩 꼭지)와 유대인 성서 주해자이자 현자인 랍비를 동시에 연상하게 한다. 이어 〈judía〉라는 단어를 등장시켜 〈judío〉(유대인)와 〈judía〉(강낭콩)를 재차 강조한다. 즉 공고라는 자그마한 콩 꼭지 같은 주제에 유대 랍비라는 것이다. 〈코조차 부정하지 못하는〉은 당시 매부리코를 유대인의 신체적인 특징으로 꼽은 데 기인한 표현이다. 〈쓰지 마〉라는 원문 〈no escribas〉는 〈쓰다 escribir〉의 2인칭 부정명령형인데, 이어지는 행에서 명사 〈escribas〉를 사용하여 이 단어가 지닌 〈율법 학자이자 서기〉란 의미를 연상케 한다. 당시 이러한 일은 모두 유대인의 몫이었으니, 이들은 유대인을 가리킨다. 〈사형 집행인〉은 그리스도를 죽음으로 내몬 유대인을 경멸조로 부를 때면 등장하는 용어이다. 이미 유대인은 사형 집행인으로 전과가 있으니 또 죄를 저지르도록 유혹해도 죄를 짓지 말라는 뜻이다. 결국 공고라가 시를 짓는 것은 죄 짓는 일이라고 기발하게 악담을 하고 있으니 과연 기상주의의 대가답다. 아래는 공고라의 코를 두고 쓴 케베도의 소네트이다.

코에 붙어 있던 사람이었죠.
최상급의 코였습니다.
반 살아 있는 증류기였습니다.
턱수염이 잘못 난 청새치였습니다.

생김새가 흉한 해시계였고,
입을 위로 쳐든 코끼리였으며,
사형 집행인과 법률가의 코였으며,
코가 잘못 난 오비디우스 나손이었습니다.

갤리선의 충각(衝角)이었습니다.
이집트의 피라미드였습니다.
열두 부족의 코였습니다.

무한한 코였습니다.
가면의 거대하고 희한한 코였습니다.
검붉은 기름에 튀긴 퉁퉁 부은 종기였습니다.

  독자들이 가장 좋아한다는 시이다. 얼마나 코가 크기에 사람에게 코가 붙은 게 아니라 〈코에 붙어 있는 사람〉일까. 과장이다. 〈청새치〉 껍질은 비늘이 없고 가죽처럼 꼬들꼬들하며 약한 연갈색을 띠고, 살은 붉은 기가 돌아 코를 연상시킨다. 〈사형 집행인〉은 이미 보았듯이 예수를 십자가에 못 박은 유대인이고, 〈법률가〉는 히브리 법전을 해석하는 법학자로 유대인을 의미함과 동시에 또 다른 관념을 가진다. 법률가의 긴 복장과 구부정한 어깨가 유대인들의 특징인 매부리코를 떠올리게 한다. 〈오비디우스 나손〉은 고대 로마의 작가인 푸블리우스 오비디우스 나소 Publius Ovidius Naso(서기전 43〜서기 18)로, 코가 크기로 유명하다. 여기서 〈나손Nason〉은 스페인어로 코를 말하는 〈나리스nariz〉에 증대 어미 〈on〉이 붙은 〈나리손 narizón〉도 염두에 둔 것이다. 〈열두 부족〉은 이스라엘 민족의 열두 지파를 말한다. 케베도 역시 단어를 만들어 내

는 데 기발한 재능을 발휘했다. 〈무한한 코〉, 〈거대한 코〉
를 말하기 위해 〈코〉라는 명사에다 수량 형용사와 부사에
나 쓸 수 있는 최상급 어미 〈-ísimo〉를 붙였다. 그리고 대
공작Archiduque이나 대주교Archipreste에서 〈크다[大]〉라는
의미로 사용되는 형용사 〈archi〉를 〈코〉에다 붙여 〈거대
한 코〉로 만들었다. 이러한 조어 방법은 문법 규칙에 어긋
나며 이 용어들은 현재 스페인어에서 사용되지 않는다.

　　아래는 케베도의 유명한 소네트 「돈 루이스 데 공고라
와 그의 시를 공박하며Contra don Luis de Góngora y su poesía」이
다. 〈돈〉은 스페인에서 이름 앞에 붙는 경칭인데, 경칭으
로 불러 줄 마음이 없는 자에게 사용할 경우 〈돈키호테〉
처럼 희화화하려는 의도가 숨어 있다. 케베도는 시의 소
재를 앞으로 다룰 공고라의 대표작 「폴리페무스와 갈라
테아 이야기」에서 가져왔다.

　　　이 외눈박이는 시킬리아인이 아닌,
　　　소우주의 것으로, 뒷부분의 천체.
　　　이 대척점의 얼굴의 반구체는
　　　이탈리아어로서 구역을 나눈다.

　　　완전한 면으로 살아 있는 이 원.
　　　단지 제로이면서
　　　구역을 늘리고 완벽하게 나누니

완벽한 베네치아의 주판쟁이.

작은 눈이지만 눈먼 물체.

털이 난 틈새.

악과 모욕의 이 정점.

이것에서 오늘날 방귀는 사이렌이니

이게 바로 공고라와 박식함에서 궁둥이인지라

남색이 있는 자도 그를 알아보지 못할지니.

「폴리페무스와 갈라테아 이야기」 원문 스물다섯 번째 구절인 〈시킬리아의 거품이 이는 바다〉와 쉰한 번째 구절인 〈천체만큼 큰 이마에 있는 단 하나의 눈으로 천체를 밝히는데〉, 그리고 쉰세 번째 구절인 〈외눈박이에게는〉에 각각 등장하는 〈시킬리아의〉, 〈눈〉, 〈외눈박이〉라는 단어들에서, 공고라가 사용한 단어와는 전혀 연관이 없는 의미를 끌어내 참으로 익살스러운 이미지를 만들어 내고 있다.

〈시킬리아의〉의 스페인어 표기는 〈siciliano〉인데, 이 단어를 가능한 의미 단위로 분절해 보면 〈si-cili-ano〉가 된다. 여기서 〈si〉는 긍정의 답인 〈그래〉라는 뜻이고, 〈cili〉는 라틴어 〈cilium〉, 즉 〈털을 가진〉이란 뜻이며, 〈ano〉는 〈항문〉이다. 이 의미들을 모아 보면, 털이 있고 항문이 있는 곳이니 바로 〈엉덩이〉이다. 〈외눈박이〉는 폴리페무스이며, 이 자는 이마에 눈 하나만 있는 괴물인데 울릭세스가 막대기로 찔러 눈을 멀게 했다. 눈이 하나인데 그것이 멀었으니 항문이고, 항문이 있는 곳이니 엉덩이다.

2행에서 말한 〈소우주〉는 르네상스 시대 인간의 몸을 지칭할 때 사용하던 철학적 용어이다. 신체 뒷부분에 있으며 털이 났고 개수가 하나이며 눈이 먼 부위라면 역시 항문으로, 이것이 있는 부위 역시 엉덩이다. 3행에서 말한 우리 몸의 정면이 아니라 반대쪽에 있는 반구체는 다름 아닌 엉덩이다. 4행에 나오는, 이 반구체를 똑같이 두 면으로 나누는 것 역시 항문이다. 〈이탈리아어 término italiano〉에서 〈término〉는 스페인어로 〈용어〉를 뜻하며, 〈경계〉 혹은 〈나누는 선〉이라는 의미도 있다. 5행 〈원〉의 스페인어 〈círculo〉를 분절해 보면, 〈cir〉에서 〈똥 cera〉이 연상되고, 〈culo〉는 〈엉덩이〉이다. 6행의 〈제로〉는 항문의 은유이다. 8행에서는 이 〈제로〉를 넓히고 나누는 베네치아의 주판쟁이라 하니, 서로 관련 지은 단어의 비약이 도를 넘는다. 이 〈주판쟁이〉라는 단어에는 〈고리대금업자〉, 〈상인〉, 〈수를 놓고 계산하다〉라는 의미가 있다. 당시 어린애들에게 셈을 가르칠 때 사용하던, 막대에 구슬을 끼워 오른쪽에서 왼쪽으로, 또는 반대편으로 밀고 당기며 덧셈과 뺄셈을 하던 도구를 연상시키는 말이기도 하다. 그런 일을 잘하는 사람을 〈주판쟁이〉라고 표현한 것이다. 그런데 7행에 〈구역을 늘리고 온전히 나누니〉라고 되어 있는데, 이것의 대상이 항문이다. 이 항문이 있는 부위는 역시 엉덩이다. 케베도의 말장난은 더 나아간다. 17세기 스페인에서 매독을 〈프랑스 병〉이라고 했다. 반면 〈남성 동성애〉인 〈남색〉은 〈이탈리아 악습〉이라고 했다. 그러니까 8행의 의미는 표현된 바로 보면 산수이다. 하지만 〈제로〉, 즉 항문을 잘 다루고 종종 사용하는 자는 베네치아의 주판쟁이, 즉 동성애자이다. 〈늘리다〉라는 단어에는 수학적 의미 외에 〈넓히다, 더욱 크게 하다〉라는 뜻도 있다. 〈완벽하게 나눈다〉라는 것은 어느 한쪽을 더 크거나 작게 하지 않으며 망가뜨리지도 않고 똑같이 나눈다는 뜻으로, 동성 간의 성교를 암시한다. 부수지 않고 칼로 자르듯 똑같이 나눈다는 것은 남성의 성기가 상대의 항문으로 들어가는 상황을 암시한다고 볼 수 있다. 9행의 〈작은 눈〉의 원어는 〈minóculo〉인데, 이를 분절해 보면 역시 〈culo〉, 즉 엉덩이가 있다. 그리고 엉덩이의 눈이라고 말해지는 항문은 거의 없다시피 할 정도로 구멍이 작다mino. 이 〈minóculo〉를 〈monóculo〉로 대체하면 1연에 비추어 케베도가 말하고자 하는 바가 더 확실해진다. 〈단 하나의 눈〉인 〈monóculo〉는 곧 외눈박이 폴리페무스이며, 앞선 내용과 연결되어 의미가 강조되는 것이다.

　지금까지는 털이 나고 눈이 먼 외눈박이가 있는 반구체 엉덩이를 단어들의 분절을 통해, 그리고 전혀 관계없는 단어들과 연계하여 물리적인 면에서 묘사했다면, 11행에서는 도덕의 영역으로 나아간다. 엉덩이와 관련된 행위가 〈부도덕과 모욕의 극치〉인 이유는 당시 남색은 최고형인 화형에 처할 정도의 중죄였기 때문이다. 스페인에서 화형은 이단자나 그리스도교로 위장한 유대인들에게 내리던 가장 가혹한 벌이었다. 〈모욕〉이 되는 것은 남자가 당할 수 있는 가장 나쁜 일 중의 하나이기 때문이다. 이러한 행위자는 진정한 남성으로 대접받지 못했다. 12행에서는 앞서 이야기한 것들에 대한 답이 나온다. 지금까지 〈엉덩이〉가 완곡하게 표현되었는데, 이렇게 표현한 이유는 〈방귀〉도 〈사이렌〉으로 보는, 과식주의의 대가인 공고라가 그런 식으로 말하기 때문이다. 공고라는 어떤 내용을 직접 드러내지 않고 빙 둘러 표현하는 완곡어법을 애용하는데, 이런 성향이 터무니없을 정도로 지나쳐 그를 이해할 사람이 아무도 없음을 케베도 역시 같은 방식으로 지적하고 있는 셈이다. 마지막 행은 공고라의 시를 이해하지 못하는 정도가 〈엉덩이〉를 그렇게 많이 사용하는 자조차도 알 수 없을 지경이라는 의미이다. 결론적으로 공고라의 문체는 〈박식culto〉한 특성을 띠는데, 그것은 〈엉덩이culo〉라고 주장하고 있다. 〈엉덩이〉와는 전혀 상관없는 단어들을 동원해 여덟 가지 방식으로 공고라의 문체를 우롱했는데 바로 이것이 기상주의의 일면이다.

이렇게 우롱당한 공고라는 당연히 가만있지 않았다. 케

베도가 자신을 희생시켜 유명해지려 한다며 시로 공격
했다.

> 고취하지 못하고 내불고
> 자신의 시에서가 아니라 내 주머니에서
> 이익을 취하려고 하는 짓이
> 배반을 저지르는 것임을 아는 뮤즈는
> 아폴로의 뮤즈가 아니라 거짓말쟁이다.

케베도가 공고라에 반감을 품은 직접적인 이유는 공고
라가 1609년 〈스페인의 아나크레온, 우연이라도 그대를
만나게 될 자 없나니〉로 시작하는 소네트로 케베도를 비
난했기 때문으로 알려져 있다.[7] 케베도는 그리스 서정시
인 아나크레온Ἀνακρέων(기원전 570~485)의 시를 번역
했는데, 공고라가 이를 책하면서 케베도가 사용한 안경
과 케베도가 안짱다리로 다리를 절었던 점까지 비아냥댄
것이다.

> 스페인의 아나크레온, 우연히라도 그대를 만나게 될
> 자 없기를.
> 만나게 될 자 그대에게 너무 정중하게 말하지 마시
> 기를.
> 그대의 발은 비가(悲歌)의 소재이고

그대의 부드러움은 시럽으로 된 것이니.

우스운 시로 엮은 희극을 엉덩이에 깔고
매일 벨레로폰의 말에게
박차를 채워 전속력으로 질주하는
테렌티우스 로페를 모방하는 건 아니겠지요?

특히 그대의 안경을 조심하시게나.
사람들이 그러는데, 그대가 그리스 작가를 번역하고
자 한다고.
그대의 눈은 보지 못하면서 말이야.

어두운 내 눈에 그 안경을 잠시 빌려주시게.
빌빌거리는 시 몇 구절들을 밝힐 수 있지 않을까 해
서 말일세.
그럼 자네가 그 그리스 시를 좀 이해하지 않을까 해
서 말이네.

〈테렌티우스 로페〉는 공고라가 로페를 고대 로마의 극
작가 푸블리우스 테렌티우스 아페르Publius Terentius Afer와
견주어 찬양할 의도로 쓴 표현이 아니다. 공고라는 로페
의 시가 쉽고 구태의연해서 새롭지 못하다며 공격했다.
로페가 테렌티우스를 흉내 내듯 댁도 모방이나 하는 게

아니냐, 하는 질책이다. 아래에서 보는 바와 같이, 공고라는 또한 로페와 케베도가 술꾼이라며 〈마시다〉라는 스페인어 동사 〈베베르beber〉의 어근 〈베브beb-〉와 이들 이름의 철자를 조합해 웃음거리로 만들었다.

오늘 새로운 우정을 맺었지,
페보로 인한 것이 아니라
바쿠스로 말미암아 말이지.
돈 프란시스코 데 **케베보**와
돈 펠릭스 로페 데 **베바**가 말이지.

시인이라면 예술(예술의 신 〈페보〉)로 우정을 맺어야 하는데, 술(술의 신 〈바쿠스〉)로 맺어, 〈케베도〉가 〈**케베보**〉, 〈베가〉가 〈**베바**〉가 될 정도로 술주정뱅이가 되었다. 이름이 존재를 규명하는 법으로, 〈나 마시니 자네 마시게〉로 늘 술판이 벌어지는 형세다. 공고라의 비난에 화가 난 로페 역시 시로 응수했으나, 공고라의 천재성은 인정하며 존경했다. 그를 스페인의 가장 뛰어난 사람이자 희귀한 사람이라고 했는데, 이 말은 새로운 움직임을 마무리하는 사람보다 그것을 시작하는 사람이 더 큰 영광을 입는다는 의미를 담고 있다. 공고라가 증오스럽기까지 했던 케베도는 공고라 시가 더러워 자신조차 더럽혀질까봐 읽기조차 싫다고 했다. 그런데 사실 공고라 시를 면밀하게 읽지 않고서는 공박 시를 짓는 일은 불가능했을 듯하다. 케베도 역시 어휘를 만들어 내는 데에 귀재였고, 공고라가 개발한 수사를 가져다 쓴 것이 그런 사실을 입증한다고 볼 수 있다. 공고라가 1589년에 고대 그리스 전설 〈헤로〉와 〈레안드로스〉의 사랑을 패러디한 시를 지었다면, 케베도는 1610년에 같은 소재와 방식으로 시를 지었다. 분량에서는 공고라 시의 두 배에 가까운 184행이다.

신화에 따르면, 사랑의 여신 아프로디테의 사제로 세스토스에 살던 헤로와 아비도스 청년 레안드로스는 서로 사랑하는 사이로 헬레스폰토스 해협(오늘날의 다르다넬스 해협)을 사이에 두고 떨어져 살았다. 밤이 되면 헤로가 밝힌 기름불을 등대로 삼아 레안드로스가 헤엄을 쳐 바다를 건너 헤로를 만났다. 폭풍우가 몰아치던 어느 날 밤, 헤로의 등불이 꺼지자 길을 잃은 레안드로스는 결국 물에 빠져 숨진다. 날이 밝자 해안가로 밀려온 연인의 시체를 본 헤로는 절망하여 기름이 든 등잔을 바다에 던지고 그 위로 몸을 날렸다. 이렇게 목숨을 잃은 두 연인을 공고라는 달걀처럼 죽었다면서, 레안드로스는 물에 삶은 달걀이고 헤로는 프라이한 달걀이라 조롱했다. 케베도 역시 〈돈 레안드로스 씨 나쁠 때도 가시는군요〉라고 시작하는 로만세에서 두 연인을 달걀로 묘사한다. 다음은 공고라의 시다.

그 젊은 애송이가

참치의 웅덩이에다 몸을 날렸더군,

그 해협 물이 2리터

조금 더 된다고 생각했던 모양이지.

벌써 푸른 방귀를

뒤로 날리며 가고 있구먼.

아비도에서 그것으로

수천 명의 새콤달콤한 계집애들에게 구애를 했지.

해협 반쯤까지는

힘들지 않았어.

기름등잔에 눈을 두고 왔으니.

저 끝에서 떨면서 밝히고 있었거든.

그런데 그때 원수 같은 하늘이

화승총을 쏴대고,

밤이 풀려나더니

구름이 오줌을 누기 시작했어.

재갈이 풀린 바람은

허풍쟁이들의 그 그리스인이

가두고 있던 자루에서

도망치는 것 같았어.

화가 나 사나워진 바다는

크세르크세스 군대에 이미

모루로 고생했기에 이번

애송이 젊은이에게는 참지 않았지.

하지만 용감한 젊은이는

올라올 때는 눈으로

내려갈 때는 영혼으로

자기의 북극성만 찾았지.

베스타의 어떠한 요정도

그토록 자신의 불을 돌보진 않았어.

세스토스의 귀부인께서

자신의 불을 지키고자 애쓴 것만큼 말이야.

전안(箭眼)과 전안 사이에서 불을 보호했지.

자기가 하는 일을 그 사람이 보기 때문에.

양손으로 불을 지키고

옷가지들로 막으려 하지.

하지만 별 소용이 없었어.

온갖 수단을 동원해도

바람은 그녀의 희망과 불을

끝장내 버리고 말았지.

그러자 그녀는 양 등불에서

이천 개의 진주를 흩뿌리며

베누스와 사랑에게

희생제의와 향수를 약속했지.

하지만 사랑은 비가 오는 데다

발가벗고 있었기에,

베누스는 마르스와

유방을 먹고 있었기에 쫓아가지 않았어.

연인은 자기를 이끌던

등대를 잃어 가자

헤엄치는 횟수는 줄어들고 힘은 더 들어갔고,

두려움은 더 커지고 우쭐함은 사그라들었지.

이제 더는 기력이 없어

이제 잠수하기를 수십 번,

이제 물에서 자기의 죽음을 보니

이제 마침내 끝장나, 이제 물에 잠겨 버렸네.

숨을 거두자 그 즉시 사방의

운송업자 바람은 젊은이가

늘 해왔던 양

해안에다 그를 털어 놓았지.

그가 사랑하던 탑의 발치에 말야.

그곳에는 녹초가 된 헤로가

하늘의 모든 별에다

저주를 퍼붓고 책임을 묻고 있었지.

그러고는 엄청난 번개가

두려워하며 어슴푸레하게

밝힌 불빛으로 드러낸

사체를 보자

높다란 탑으로부터

자신의 달콤한 연인에게는 육체를,

유황 돌덩어리가

타는 곳으로는 영혼을 보냈지.

태양이 산꼭대기에 줄을 그으러

바다에서 나오자마자

헤로의 하녀는 무슨 일인지

걱정되어 쫓아왔지.

그 덕스러움의 꽃이

산산조각 난 것을 보고

각각의 눈에서

9.3리터의 눈물을 쏟아 냈지.

작은 상자 한 모퉁이로

그 성취하지 못한 자들을

끌어모으며 하얀 돌에다

이런 슬픈 글을 쓰도록 했지.

〈우리는 헤로와 레안드로스로

유명세에 못지않은 멍청이들이라오.

사랑과 확고함에서

세상의 공통 본보기이지요.

사랑은 두 개의 달걀처럼

우리의 안녕을 부수어 버렸죠.

그 사람은 삶은 달걀로

나는 프라이한 달걀로 마지막을 맞이했죠.

부모님들께 간청하오니,

상복은 입지 마시고

우리가 같은 최후를 맞이했으니

같은 땅에 묻어 주시기를.〉

7행의 〈그것〉은, 말 그대로 수영할 때 물이 튀는 현상이
자, 동시에 팬티나 헐렁한 바지를 말한다. 18행에서 20행
까지는 호메로스의 『오디세이아』 열 번째 이야기에 나오
는 내용이다. 아이올리아섬에 사는 아이올로스가 울릭세
스에게 광풍이 든 소가죽 부대를 선물로 주었는데, 부하
들이 욕심과 울릭세스에 대한 불신으로 자루를 여는 바람
에 온갖 바람이 터져 나와 일행은 눈앞에 둔 고향에 닿지
못하고 폭풍우에 시달려야 했다. 22행 〈크세르크세스〉는
페르시아의 왕인데, 기원전 480년 그리스를 침공하여 테
르모필레 전투에서 레오니다스를 물리치고 아테네에 침
입하여 도시를 불살랐다. 크세르크세스 군대는 헬레스폰
토스 해협을 배로 다리를 만들어 건넜다고 한다. 29행 〈베
스타〉는 그리스 신화에서 헤스티아로 나오며 로마 신화
에서는 가정의 여신이자 불을 지키는 여신이다. 43행의
〈사랑〉은 쿠피도를 가리키고, 47행 〈마르스〉는 전쟁의 신
으로 베누스와의 밀회로 유명하다. 〈유방을 먹다〉라는 표
현은 〈사랑을 즐기다〉라는 뜻이다. 이 시는 공고라의 과
식주의와 패러디가 어우러진 1589년 작품으로, 과식주

의는 1613년의 「폴리페무스와 갈라테아 이야기」에서, 패러디는 과식주의와 함께 1618년의 「피라무스와 티스베이야기」에서 정점에 이른다.

폴리페무스와 갈라테아 신화

헤시오도스의『신들의 계보』와 아폴로도로스의『도서관』을 보면 그리스 창조 신화 이야기에 키클롭스라는 이름이 나온다. 대지를 의인화한 대지의 여신 가이아와 하늘을 의인화한 하늘의 신 우라누스 사이에서 탄생한 거인 종족으로, 굴속에 살며 눈이 이마에 하나만 있다. 이들이 유피테르에게 천둥과 번개와 벼락을 만들어 줬다고 한다. 하지만 우리에게 더 잘 알려진 이름은 훗날 울릭세스의 모험에 등장하는 폴리페무스이다. 키클로페스 종족 중에서 가장 유명한 거인인 이 자는 우라누스의 자식이 아니라 바다의 신인 넵투누스와 요정 토오사 사이에서 난 거칠고 야만적인 식인으로 언급된다.『오디세이아』에 그와 관련된 이야기가 나온다. 트로이 전쟁에 참전한 울릭세스는 고향으로 돌아가던 길에 바다에서 표류하다 칼립소의 섬에서 7년 동안 머물게 된다. 다시 고향인 이타카를 향해 배를 타고 가다 바다의 신 넵투누스의 분노를 사서 난파되어 스케리아섬에 나체로 표류한다. 이 섬을 다스리는 왕의 딸 나우시카는 시녀들을 데리고 빨래를 하러 갔다가 울릭세스를 발견하고 그를 왕궁으로 데려간다. 아버지 알키노스 왕은 울릭세스와 나우시카의 결혼을 원하지만 울릭세스는 자신의 신분을 털어놓으며 그동안 있었던 모험담을 들려주는데, 폴리페무스와 관련된 이야기가 아홉 번째 이야기에 등장한다. 울릭세스는 부하 열두 명과 함께 호기심으로 폴리페무스가 사는 동굴에 들어갔다가 갇히는 신세가 된다. 폴리페무스는 끼니마다 두 명의 인간을 잡아먹는다. 하지만 트로이 전쟁의 영웅인 울릭세스의 지략에 속아 하나밖에 없는 눈마저 잃고 만다. 이로 인해 울릭세스는 고향으로 돌아오는 내내 분노한 넵투누스에게 쫓기며 고생을 하게 된 것이다. 이러한 식인 거인이 요정 갈라테아를 사랑한다는 이야기가 그리스 시인 테오크리토스와 로마 시인 베르길리우스를 거쳐 오비디우스의 『변신 이야기』에서 완성된다.

『오디세이아』에서 폴리페무스와 관련된 내용을 좀 더 자세히 보면 이렇다. 시킬리아와 인근 섬에서 양과 염소를 기르며 동굴에 사는 외눈박이 거인 부족 키클로페스는 거칠고 오만불손하며 법이라는 것을 도통 모른다. 법률도 없고 의견을 나눌 회의장도 없으며 하늘에 있는 어떤 신도 신경 쓰지 않는다고 한다. 신들보다 자기들이 훨씬 더 강하다고 느끼기 때문이며, 그들이 사는 섬은 별로 신경을 쓰지 않아도 곡물이며 포도가 잘 자라 낙원이나 다름없다. 이들 중 하나인 폴리페무스는 유피테르가 무섭다고 해서 울릭세스나 그의 부하들을 해치지 않는 일은 없을 거라고 말한다. 그러더니 울릭세스의 부하 두 명을 쥐고는 마치 강아지인 양 땅바닥에 내려치고 사지를 찢어 만찬을 즐긴다. 사자처럼 사람의 내장이며 살이며 골수가 들어 있는 뼈까지 다 먹어 치우고 바로 짠 젖을 마신 다음 동굴 안에서 가축들 사이에 대자로 누워 잠을 잔다.

공고라 시와 직접 연관된 내용을 추리면 이렇다. 그는 따로 떨어져 있는 높은 산에 솟아 있는 나무와 같이 엄청난 괴물로 자라났다. 양 떼를 돌보는 폴리페무스의 동굴에는 바구니가 있는데, 치즈가 가득하다. 우리에는 양의 새끼들이 바글거린다. 다른 우리에는 늙은 양, 젊은 양을 따로 가두어 놓았다. 동굴 안으로 토실토실한 양 떼를 몰고 와 젖을 짠다. 무겁고 거대한 돌을 힘껏 들어 올려 동굴의 문을 막는다. 스물두 채의 수레로도 움직일 수 없는 절벽 같은 바윗돌이다.

오비디우스의 『변신 이야기』 13권 네 번째 이야기에서는 이러한 폴리페무스 이야기가 갈라테아 이야기와 엮인다. 이야기는 『오디세이아』에서도 등장하여 울릭세스의 부하 여섯을 낚아채 간 스킬라라는 괴물에 대한 언급으로 시작한다. 스킬라는 목과 입이 여섯 개, 다리가 열두 개 달린 괴물인데, 오비디우스에 의하면 원래는 아름다운 처녀로 숱한 남자들이 그녀를 원했으나 모두를 우롱하며 누구에게도 마음을 주지 않았다. 갈라테아가 자신을 찾아온 스킬라에게 한숨을 내쉬며 이렇게 말한다.

「오, 스킬라, 아름다운 처녀여, 당신은 무자비한 남자들에게 쫓긴 게 아닐뿐더러 구애를 거절해도 아무 일이 없었어요. 하지만 나는 바다 신 네레우스와 도리스의 딸로 태어났고 자매들의 보호를 받았지만, 구애하는 키클롭스로부터 도망쳐서 큰 슬픔을 겪게 되었어요. (……)

아키스는 파우누스와 님프 사이에서 태어난 아들이었습니다. 그의 부모에게 당연히 큰 기쁨인데 내게는 더 큰 기쁨이었지요. 우리는 서로 헤어질 수 없는 사이가 되었어요. 잘생긴 아키스는 열여섯 번째 생일이 지나자 부드러운 양 뺨에 솜털이 나기 시작했어요. 나는 아키스를 열심히 쫓아다녔고, 반면에 키클롭스는 나를 쫓아다녔어요. 만약 당신이 키클롭스에 대한 증오와 아키스에 대한 사랑을 달아 보면 저울추가 어디로 기우느냐고 묻는다면 대답을 잘 하지 못하겠어요. 똑같은 무게였어요.

자상하신 베누스 여신이여, 당신이 관장하는 영역의

힘은 정말로 크십니다! 보십시오, 저 사나운 괴물을! 어떤 숲이라도 그를 보면 무서워 떨고, 어떤 낯선 사람도 그를 보면 부상을 당하고, 그는 올림푸스와 신들도 경멸합니다. 그런 괴물이 사랑이 무엇인지 느꼈고 나에 대한 욕망으로 불타올라 자신의 양 떼와 동굴을 등한시하고 있습니다.

너, 폴리페무스여, 너는 이제 외양에 신경을 쓰고 또 여자를 기쁘게 하는 데 신경을 쓰는구나. 너는 낫으로 사나운 수염을 면도하고서 네 사나운 얼굴을 물에 비쳐 보며 조금이라도 낫게 보이려고 애쓰는구나. 살인과 약탈과 유혈을 그토록 좋아하더니 그런 야만 행위조차 멈추었구나. 이제 배들이 안전하게 왕래할 수 있게 되었구나.

한편 빗나가는 법이 없는 예언을 하는 자이며 에우리무스의 아들인 텔레무스는 이곳 시킬리아섬의 아이트나를 여행하는 중이었는데 그에게 말했어요.

〈당신 이마 한가운데에 박혀 있는 외눈은 장차 울릭세스가 떼어 갈 거요.〉

그는 웃으면서 대답했어요.

〈오 가장 어리석은 예언자여, 당신은 틀렸소. 다른 사람이 이미 하나뿐인 내 눈을 가져가 버렸소.〉

그는 미래를 정확하게 예언하는 텔레무스를 그런 식으로 우습게 보았어요. 그는 커다란 발걸음을 떼어 놓

야코프 판 슈펜 Jacob van Schuppen, 「아키스와 갈라테아」(1730년경).

으며 해변을 쿵쿵 울렸고 그러다 피곤해지면 어두운 동굴로 돌아갔어요.

쐐기처럼 생기고 등성이가 기다란 언덕이 바다 쪽으로 들어가 있어요. 그래서 파도는 언덕 양쪽을 돌아 들어오지요. 무서운 키클롭스는 이 언덕의 꼭대기로 올라가 한가운데 앉았어요. 그의 양 떼는 아무도 이끌어 주지 않는데도 주인을 따라왔어요.

그는 배의 돛대로 사용할 만한 소나무를 지팡이로 사용하는데 그걸 옆에 내려놓더니 갈대 1백 개를 묶어 만든 피리를 집어 들어 불기 시작했어요. 온 산이 찢어지는 피리 소리로 가득 찼고 파도들도 감지할 정도였어요. 바위 속에 숨어서 아키스의 무릎에 앉아 있던 나, 갈라테아는 멀리서도 다음과 같은 피리 가락을 귀로 들을 수 있었어요. 그 가락은 듣는 순간 마음에 새겨졌어요.

〈갈라테아여, 그대는 눈 같은 쥐똥나무 이파리보다 더 희구나. 초원보다 더 화려하게 꽃피어나고, 높은 오리나무보다 더 키가 크고, 유리보다 더 반짝거리며, 어린아이보다 더 장난스러우며, 끊임없는 파도에 씻긴 조개보다 더 맨들맨들하고, 겨울의 태양 혹은 여름의 그늘보다 더 환영을 받는구나. 너는 사과보다 더 유명하고 플라타너스나무보다 더 눈에 띄는구나. 얼음보다 더 반짝거리고 잘 익은 포도보다 더 달콤하구나. 백조의 깃털 혹은 치즈보다 더 부드럽구나. 만약 나한테서 달아나지 않는다면 물을 주고 잘 가꾼 정원보다 더 아름답구나.

그러나 이런 갈라테아가 때로는 길들이지 않은 암소보다 더 사납구나. 많은 수령(樹齡)를 자랑하는 참나무처럼 단단하고 바다의 파도처럼 잔인하고, 버들가지나 하얀 포도 넝쿨보다 더 질기고, 이 절벽들보다 더 요지부동이고, 강물보다 더 난폭하며, 공작보다 더 자만심이 강하고, 불길보다 더 사나우며, 엉겅퀴보다 더 거칠거칠하고, 새끼에게 젖을 주는 암곰보다 더 공격적이고, 바다보다 더 귀가 먹었으며, 짓밟힌 뱀보다 더 무자비하구나. 마지막으로, 너의 가장 나쁜 결점들 중에서 내가 맨 먼저 없애고 싶은 것이 있다. 너는 짖어 대는 개떼에게 쫓기는 사슴보다 더 빠를 뿐만 아니라 공중을 내달리는 바람이나 미풍보다 더 날래구나!

하지만 네가 잘 살펴본다면 너는 그렇게 달아난 것을 후회할 테고 그처럼 시간 낭비한 너 자신을 비난하면서 내 마음에 들려고 노력하게 될 것이다. 나는 산 한가운데에 자연석으로 이루어진 동굴을 가지고 있다. 여긴 한여름에도 햇빛이 들지 않으며 겨울이 되어도 춥지가 않다.

나뭇가지에는 과일들이 매달리고, 기다란 포도 넝쿨에는 황금빛 혹은 자줏빛 포도들이 열린다. 나는 이 두 종의 포도를 너를 위해 간직하고 있다. 너 자신 숲속의 그늘에서 자라는 부드러운 딸기를 손으로 직접 딸 수 있다. 가을에는 산수유 열매를 딸 수 있고 푸른색으로 짙은 과즙을 내는 자두나 신선한 밀랍처럼 노란색을 띠는 자두를 선택할 수도 있다. 네가 나를 남편으로 삼는다면 밤도 얼마든지 먹을 수 있고 아르부투스나무의 열매도 부족하지 않을 것이다. 모든 나무가 너를 섬길 것이다.

이 양 떼들은 모두 내 것이다. 이외에도 많은 양들을 계곡에서 방목하고 있다. 숲에도 많은 양들이 있고 동굴들 속에도 많이 들어가 있다. 네가 양들의 숫자를 묻는다면 너무 많아 정확하게 몇 마리인지 대답할 수가 없다. 양 떼의 숫자를 세는 것은 가난한 사람들이나 하는 짓이다! 하지만 내 말을 믿지 못하겠거든 현장에서 직접 확인할 수 있으리라. 젖통에 젖이 잔뜩 들어 제대로 걷지도 못하는 양들을 직접 보아라. 나는 어린 양들은 양 우리에서 키우고, 어린 염소는 염소 우리에서 키운다. 내게는 언제나 눈처럼 흰 우유가 풍부하게 있다. 때로는 그것을 신선한 상태로 마시고 때로는 굳혀서 치즈를 만든다.

너는 내게서 비범한 선물을 받을 것이다. 사슴, 산토끼, 염소, 한 쌍의 산비둘기, 나무 우듬지에서 금방 가져온 새 둥지 등을 받으리라. 산에서 나는 산비둘기 쌍둥이를 발견했는데 네가 가지고 놀기에 딱 좋은 것이야.

두 놈이 너무 똑같아서 너는 둘을 구분하지 못할 거야. 나는 산꼭대기에서 털 많은 암곰 새끼들을 발견하고 이렇게 중얼거렸지.

〈난 저것들을 내 아내를 위해 간직해 두어야지.〉

자, 갈라테아, 저 푸른 바다에서 반짝이는 네 머리를 쳐들어. 그리고 어서 와. 갈라테아, 나의 선물들을 우습게 보지 마!

난 나 자신을 잘 알고 있어. 최근에 맑은 물에 나를 비춰 보았는데 내 아름다운 모습이 정말 마음에 들었어. 내가 얼마나 덩치가 큰지를 한번 봐. 천상의 유피테르도 내 덩치만큼 크지는 않아(너는 내게 천상에서는 유피테르가 최고 지배자라고 말하곤 했지). 내 근엄한 이마 앞으로 머리카락이 내려와 숲처럼 내 어깨에 그늘을 만들어 주고 있어.

내 몸에 거칠고 뻣뻣한 털이 많이 나 있다고 해서 수치스럽게 생각하지 마. 나무에 잎사귀가 없으면 수치스럽고 말의 목에 갈기가 없다면 수치스러운 거지. 새들에겐 깃털이 있고 양털은 양 떼의 영광인 거야. 사내라면 당연히 턱에는 수염이, 몸에는 뻣뻣한 털이 나 있어. 내 이마 한가운데에는 커다란 눈알이 하나 박혀 있어. 거대한 방패처럼 말이야. 하지만 위대한 태양은 천상에서 모든 것을 보지 않아? 이 태양도 단 하나의 동그라미라고. 더욱 중요한 것은 나의 아버지가 네가 사는 바다를 다스리는 분이라는 거야. 그분이 너의 시아버지가 되는 거야. 제발 자비심을 가지고 이 간원하는 나의 바람을 좀 들어줘!

나는 오로지 네게만 굴복해. 유피테르와 천상과 그의 무시무시한 벼락을 우습게 여기지만, 오 네레이스여, 나는 너를 사모해. 너의 분노가 벼락보다 더 무서워.

만약 네가 모든 사람한테서 달아난다면 너의 경멸을 좀 더 너그럽게 용납할 수 있을 거야. 하지만 왜 너는 이 키클롭스를 거부하고 나서는 아키스를 사랑하고, 나의 포옹보다 아키스를 더 사랑하는 거냐? 그가 자기 좋을 대로 하고 너 갈라테아를 기쁘게 하려고 애쓰는 거야 뭐 좋아. 하지만 그놈이 내 손에 걸리면 가만두지 않겠어! 그놈은 내가 덩치 못지않게 힘도 막강하다는 사실을 알게 될 거야. 나는 산 채로 그자의 내장을 끄집어낼 거야. 사지를 난도질한 다음 그걸 들판과 너의 파도 위에 내던질 거야(그러면 그 잘난 놈이 너를 다시 만나도 우스꽝스럽겠지).

난 지금 사랑으로 온몸이 불타오르고 있어. 이 불길은 잘못 다루면 더욱 거세게 타오르지. 내 가슴에는 맹렬한 화염을 그대로 간직한 아이트나 화산이 들어앉아 있는 것 같아. 그런데도 너 갈라테아는 조금도 마음이 움직이지 않는구나!)

이런 헛된 불평을 터트리고 나서(나, 갈라테아는 모

든 것을 다 보았어요) 그는 자리에서 일어섰어요. 마치 황소가 갑자기 암소를 빼앗기고 그 자리에 가만히 있지 못하고 숲과 계곡을 제멋대로 방랑하는 듯한 모습이었어요. 그러다가 괴물은 그런 낭패를 전혀 예상하지 않고 두려워하지도 않던 우리를 발견했어요. 그는 소리쳤어요.

〈나는 너희들을 보았어. 그게 너희 두 연놈의 마지막 포옹이 될 줄 알아.〉

분노하는 키클롭스의 목소리답게 아주 우렁찼어요. 그가 소리치자 아이트나 화산이 부르르 떨었어요. 나는 겁을 집어먹고 근처 바다 속으로 잠수했어요. 아키스는 등을 돌리고 달아나면서 말했어요.

〈갈라테아, 제발 나를 도와줘. 오 부모님, 죽을 것 같아요. 저를 도우셔서 당신들의 왕국으로 데려가 주소서.〉

키클롭스는 그를 뒤쫓아 가면서 산의 일부를 떼어 내 아키스에게 던졌어요. 돌더미의 극히 일부가 아키스를 덮쳤지만 충분히 그의 온몸을 뒤덮을 정도였어요. 그렇지만 나는 운명의 여신들이 내게 허용한 것을 할 수 있었어요. 아키스가 그의 할아버지의 권능을 발휘하여 물로 변신하도록 도와주었지요. 진홍색 피가 돌더미에서 흘러나왔고 아주 짧은 시간에 붉은 색깔이 사라지더니 비 내릴 때의 강물 색깔로 변했고 잠시 뒤에는 맑은 색깔이 되었어요. 이어 키클롭스가 던진 돌더미가 쩍 갈라지더니 그 틈새로 살아 있는 키 큰 갈대가 나타났어요. 바위의 텅 빈 입에서는 물이 쏟아져 나와 소리를 냈어요. 그리고 정말 기이한 일이 벌어졌어요. 허리까지 물에 담근 젊은이가 그곳에 서 있었어요. 새로 생긴 두 뿔은 배배 꼰 사초들로 장식되어 있었어요. 예전보다 덩치가 더 크고 온 얼굴이 물빛이라는 것을 제외하면 틀림없이 아키스였어요. 비록 강물로 변신했지만 여전히 아키스였고 강물에는 그의 이름이 붙었어요.」[8]

폴리페무스가 갈라테아를 사랑하여 질투심에 아키스를 죽이게 되는데, 이러한 내용이 공고라 시에서 어떻게 변하고 어떠한 방식으로 표현되었는지를 보면 공고라의 시학인 공고리즘을 이해하고 즐길 수 있을 것이다.

공고라의 작시법

「폴리페무스와 갈라테아 이야기」는 시인이 타고난 건축과 음악의 재능을 보여 주는 사례라 해도 과언이 아니다. 8행으로 된 연은 거의 전부가 두 부분으로 나뉘어 평행 구조를 이룬다. 여덟 개의 행들은 쉼표를 사이에 두어 음성적, 통사적, 구문적, 의미상으로 짝을 이룬다. 예컨대 한 행의 반쪽이 명사-관계사-동사의 어순으로 되어 있으면 나머지 반쪽도 같은 식으로 짝을 이루고, 한 행의 반쪽이 모음이나 자음으로 반복되면, 나머지 반쪽에서도 같은 모음과 자음이 반복되어 짝을 이룬다. 또는 한 행의 반쪽을 형용사-명사로 배열하면 나머지 반쪽은 명사-형용사로 쌍을 이룬다. 상하, 좌우 대칭이다. 주제에서도 대칭 구조를 이룬다. 생략과 쉼표를 이용해 형식만으로도 동적 긴장감을 일으킨다.

음악성 역시 이러한 구조에서 큰 역할을 한다. 이탈리아에서 가져온, 각 행이 11음절이고 여덟 개의 행이 하나의 연을 이루며 자음으로 운[9]을 이루는 옥타바 레알이라는 시 양식은 원래 음악성이 뛰어나지만, 이에 더하여 공고라는 동일 음이나 유사한 음을 좌우 대칭적으로 사용하여 최대한 리듬감을 살려 낸다. 스페인어 모음 체계가 단순하기에 가능한 일이다. 이탈리아어처럼 모음이 다섯 개(a, e, i, o, u)이다. 물론 이중 모음과 삼중 모음도 있으나 이 다섯 음이 두 개, 세 개 합쳐진 것으로 본음을 그대로 유지한다. 예를 들어 이중 모음 〈ai〉가 〈아이〉로 발음된다. 자음으로도 리듬감을 살릴 수 있다. 예들 들면 〈인파메 **투르**비 데 녹**투르**나스 아베스〉를 보면 〈투르〉가 세 음절 뒤 〈투르〉로 이어지며 리듬을 이룬다.

공고라 시에서 음악성은 동일한 모음이나 자음을 반복하고, 각 행 끄트머리에 행의 서두에 사용된 모음으로 구성된 다른 단어를 사용함으로써 소리가 이어지는 효과까지 거둔다(예를 들어, e-a-e-a …… e-a-e-a). 이러한 모음의 배열을 역순으로 사용하기도 한다(예를 들어, o-e-i …… i-e-o). 행을 이루는 단어들에서도 같은 모음이 반복되기도 한다(예를 들어, i-a / i-a / …… / i-a). 모음이 교차 반복되기도 한다(예를 들어, o-e / i-o / i-o / o-e). 다음의 예를 보면 공고라가 추구하는 음악성이 어디까지인지 한계가 궁금하다.

작품의 여주인공 이름은 스페인어로 〈갈라테아〉이다. 모두가 그녀를 흠모한다. 이름을 구성하는 〈아〉 모음과 〈에〉 모음으로 어떻게 숱한 남정네들이 구애하는지를 효과적으로 표현한다. 그들의 외침이 메아리치는 듯하다.

…… Galatea.
Pisa la arena, que en la arena adoro
cuantas el blanco pie conchas platea,

…… 갈라테아.
피사 라 아레나, 케 엔 라 아레나 아도로
쿠안타스 엘 블랑코 피에 콘차스 플라테아,

이름 갈라테아에서 모음만 추리면 〈아-아-에-아〉인데, 이어지는 행들을 보면 같은 패턴이 반복되어 소리가 울려 퍼지는 듯하다.

아-아-에-아
- / 아-아-아-에-아 / 에-에 / 아-아-에-아-아 / -
아-아-에-아 / (코)-이에-(코) / 아-아-에-아

공고라는 지적 유형의 감성이 논리적으로 표현되어야 한다는 점에는 별로 관심이 없어 보인다. 시인이 시로써

구하고자 하는 것은 감각적이고 관능적인 느낌이다. 어순을 과격하게 파괴하여 단어의 음악성을 얻어 그러한 목적을 충분히 달성하고 있다. 같은 계열의 다른 언어들보다 스페인어가 어순 배열이 훨씬 자유롭기에 가능한 일이기도 하지만 비문이 더 많다.

먼저 한정 형용사를 떼어 내어 뒤로 이동하여 거두는 효과를 보자. 〈흰 발이 **숱한 조개**들을 은으로 물들이다〉라는 문장이 다음과 같은 어순으로 쓰여 있다. 〈**숱한** 흰 발이 **조개**들을 은으로 물들이다cuantas el blanco pie conchas platea〉. 정상 어순의 구문으로는 느끼기 어려웠을 음악성이, 명사 〈조개〉와 수량 형용사 〈숱한〉을 떼어 놓자 〈a-a-e-a / co-ie-co / a-a-e-a〉 형식으로 살아난다.

작품에서 발견되는 음악성을 탐구, 분석하기만 해도 시인의 비범한 창조력을 확인할 수 있다. 우연히 이루어진 소리의 배열은 하나도 없다. 모두가 빈틈없이 계획된 것들이라 연구할수록 신비롭고 신이 내린 영감의 소산이라는 말이 실감 난다. 앞서 말했듯이, 지적 유형의 감성을 논리적으로 피력한 게 아니라, 기발함으로 예술을 창조함으로써 형태 안에 내용을 단단히 담아내어 감각적이고 관능적인 의미를 리듬으로 전달한다.

공고라의 어휘와 구문은 또 어떠한가. 사람들은 시인을 두고 스페인어를 라틴어화한 작자라고들 한다. 이러한 평가로 인해 공고라의 기발한 재능이 제대로 인정받지 못하기도 했다. 스페인어의 뿌리는 라틴어이다. 공고라는 스페인어에 있는 어휘조차 라틴어를 빌려다 썼다. 이를 두고 사람들은 현학 취미라 비난했고, 문단의 경쟁자들은 빌려 오지 않아도 될 단어들을 열거해 보이며 잘난 척하는 인물이라며 비아냥댔다.

현재 스페인어를 보면 공고라가 빌려 오고 개발한 단어들이 대부분 일상어로 사용되고 있다. 오히려 그러한 단어들이 없다면 스페인어가 제 기능을 다 할 수 있을지 의문이 들 정도이다. 공고라가 빌려 온 라틴어들은 13세기부터 스페인에 들어와 있었으나, 공고라 시대 이후까지 정착되지 못하다가, 이제는 스페인어 사전에 등재되어 있다. 사실 어느 나라 언어에서나 외국어를 빌려 와 쓴다. 스페인에서도 17세기까지 꾸준히 일어난 일이다. 공고라는 그러한 낱말들을 자연스럽게 스페인어 체계 안으로 들여와 정착시킨 셈이다. 공고라만큼 라틴어를 애용한 스페인 시인이 16세기의 페르난도 데 에레라Fernando de Herrera이다. 당시 사람들은 그에게 〈신성〉이라는 타이틀을 부여했다. 이렇게 보면 한 세기 뒤에 등장한 공고라가 라틴어를 사용한다고 그렇게 불편해할 이유는 없을 듯한데, 문제는 지나치게 사용했다는 데 있었다. 「폴리페무스와 갈라테아 이야기」에 라틴어가 한 단어라도 들어가 있지 않은 행이 없을 정도이다. 15세기부터 스페인 시인들은 자신의 시를 고급화하기 위해 지속적으로 노력했고, 그 일환으로 닳아 버린 언어, 또는 그럴 운명에 처한 언어를 대신하여 라틴어를 사용했다. 문체를 귀족화하기 위해 일상 대화체 용어를 배제하며 시의 품격을 높이려 노력했다. 이러한 흐름 속에서 공고라는 자신의 글을 라틴화하는 데 누구보다도 힘을 썼다. 덕분에 스페인어가 완성되어 라틴어와 같은 수준에 도달했다고 시인은 자신 있게 말했다. 이는 언어를 매개로 한 스페인 순혈주의에 대한 반동이기도 하다.

공고라의 시어는 어떠한가. 구조 언어학에서 페르디낭드 소쉬르는 언어는 기표와 기의, 화자와 청자, 의도와 해석, 언어 법칙과 언어 사용 간의 상호 작용으로 존재한다고 한다. 그런데 공고라는 언어가 의미하는 바를 정지시켜 바벨탑을 짓던 사람들이 저질렀던 죄에 빠진 자 같다. 언어를 다시 건설한 창조주 같기도 하다. 그를 두고 언어의 새로운 세계를 발견하여 신세계를 열어 보인 또 다른 콜럼버스라고 하는 이유다. 언어는 소통을 전제로 하는데, 공고라의 시어는 자치적이고 자급자족한다. 앞으로 소개될 시에서 숱하게 만나겠지만, 「폴리페무스와 갈라테아 이야기」와 같은 해에 출간되어 엄청난 공격을 받은 「고독들」에서 몇몇 사례를 가져와 본다. 애초 시인이 4부로 계획했으나 비난이 거세자 2부에서 더 나아가지 못한 작품으로, 괄호 안 표기에서 〈P.〉는 1부, 〈S.〉는 2부를 말한다. 다음은 1부 시작 부분이다.

한 해의 꽃 피는 계절이었지요.

에우로파를 속여 훔친 자가,

(이마의 반달이 무기이고

태양이 자신의 털의 모든 광선을 내보이던)

하늘의 빛나는 영광이

사파이어의 들판에서 별을 뜯고 있었을 때,

    이는 황소자리에 관한 이야기로, 공고라는 꽃피는 계절인 〈사월의 밤〉을 이렇게 장황하게 읊고 있다. 유피테르가 에우로파를 납치하기 위해 소로 변신했는데, 소뿔은 형태적 유사성에 따라 달을 뜻하고, 이 소가 하늘(사파이어의 들판)에서 별을 뜯고 있으니 밤이다. 가장 아름다운 계절이자, 꽃이 만발하고 태양처럼 생명력이 고동쳐 삶의 충만함을 보여 주는 사월인데, 유피테르가 소로 변신하여 에우로파를 강간했으니 폭력과 어두움을 동시에 암시한다. 대조 기법으로 주제가 확연히 눈에 들어온다. 이 밖에도 〈말이 내뿜는 숨〉이 〈안개〉(S. 968)이고, 〈노르웨이의 재빠른 회오리바람〉이 〈매〉(S. 973)이다. 이 매는 〈날아다니는 해적〉(S. 960)이기도 하다. 〈해안〉은 〈거울이라는 바다를 두르고 있는 액자〉(S. 28)이고, 〈배 젓는 노〉는 〈재빠른 발〉(S. 46)이며, 〈수정 나비〉가 〈시냇물〉(S. 6)이다. 이 정도의 은유는 이해하기 어렵지 않지만, 〈수탉〉에 대한 묘사는 설명이 필요해 보인다.

아름다운 선율의 집 안의 태양 사절이고,

── 산호 수염의 ── 황금이 아닌

자색 터번을 두르고 있다. (P. 294~296)

수탉의 볏은 가장자리가 톱니 모양이어서 왕관(황금)
으로 비교되는 경우가 많은데, 공고라는 동방의 제후에
게 어울리는 자색 터번을 썼다고 묘사한다. 닭이 아침을
알리고, 아침에는 동쪽에서 태양이 찾아오기 때문이다.
그래서 닭은 〈태양 사절〉이고 〈터번〉을 둘렀다. 그 아래
달린 수염을 산호의 모습에 빗대었다. 공고라는 이렇게
사물이나 사람의 특성을 자기만의 은유로 드러내면서,
더 나아가 서로 호응하고 융합하는 바를 읽어 내기를 원
한다. 간단하게 드러내는 법이 거의 없다.

공고라의 구문 파괴는 상식을 넘어선다. 형용사가 자신
이 동반하는 명사가 아닌, 구문의 주어와 성, 수가 일치하
는가 하면, 관계대명사 문장에서 선행사가 되는 명사가
이 명사를 수식하는 한정사와 같이 가지 않는다. 긴 관계
문을 사이에 두고 꽤 떨어져 있다. 첫 번째 경우의 예를
「폴리페무스와 갈라테아 이야기」의 59연에서 볼 수 있다.

〈숱한 염소들이 감히 발로는 〔폴리페무스의 그루터기〕
를 밟아 뭉개고, 뿔로는 〔바쿠스에게〕 불경을 저지르고
있었기에〉라고 해석할 수 있는데, 원문은 이렇다. 〈뭉개
는, 발 / 불경스러운, 뿔〉이라 적어 놓고, 한정사인 〈뭉개

는〉과 〈불경스러운〉을 명사 〈발〉과 〈뿔〉이 아니라 그 주체
인 〈염소〉의 성과 수에 일치시켰다. 스페인어에서 한정사
는 자신이 수식하는 명사의 성, 수에 따라야 한다. 이렇게
쉼표만이 아니라 생략, 삽입구의 자의적인 사용 등으로
공고라는 기존 스페인어 문법 체계를 마구 파괴한다. 두
번째 경우의 예는 첫 연에서부터 볼 수 있다.

〈내게 이런 낭랑한 시를 쓰게끔〉이라는 번역문의 원문
을 직역하면 이렇게 된다. 〈이러한 내게 쓰게끔 한 낭랑한
시.〉지시 형용사 〈이러한〉과 이 형용사가 지시하는 명사
〈시〉가 행의 시작과 끝에 나뉘어 배치돼 있다. 이렇게 하
면 리듬감이 살고, 시인이 쓰고 있는 그 〈시〉의 성질이 강
조된다. 7연은 폴리페무스의 모습을 형상화하는데 내용
은 이렇다.

〈폴리페무스는 넵투누스의 사나운 아들로 천체만큼 큰
이마에 있는 단 하나의 눈으로 천체를 밝히는데, 이 눈은
최고로 빛나는 태양과 맞먹을 정도의 경쟁자이지요.〉원
문의 어순대로 직역하면, 〈이, — 넵투누스의 사나운 아
들 — 단 하나의 눈으로 밝힌다, 최고로 빛나는 것의 경쟁
자, 폴리페무스〉이다.

문장의 어순이 대부분 이런 식으로 되어 있다. 단어들
의 정상적인 배열을 파괴하는 수사법을 〈도치〉라 하는데,
공고라의 도치는 스페인어 구문 체계에서 완전히 이탈해
있다. 이렇게 단어들을 본래의 자리에서 다른 곳으로 이

동시키는 이유는 앞서 보았듯이 음악성을 살리고 표현을 풍부하게 하며, 말하는 바를 과장하여 강조하고 라틴어 구문 분위기를 살리기 위해서이다. 특히 스페인어는 로망스어 계통 언어 중 단어 배열이 다른 언어들보다 자유롭다. 하지만 스페인어 문법이 허용하는 한계치를 넘어서는 과감할 정도의 이탈은 충격으로 다가온다. 그러나 그 충격은 정상 어순의 사용으로는 느낄 수 없는 비범한 효과를 낳는 것으로 보상된다. 공고라는 미학적인 효과를 얻기 위해 어휘를 늘리고 문장을 자유롭게 구사하며 스페인어 본연의 잠재력을 개발한다. 천동설의 부인만큼이나 혁명적인 이러한 예술은 전통 인식론을 무너뜨리면서 시 예술의 본질에 대한 논의의 문을 열어 문학을 새롭게 자각하도록 한다.

「폴리페무스와 갈라테아 이야기」 번역과 해설

1

─ 오 고매하신 백작이시여! ─ 박식한, 비록 목가적
이긴 하지만,

탈리아가 내게 이런 낭랑한 시를 쓰게끔 영감을 주었으니

내 피리 소리에 맞춰 들어 보소서.

여명이 장밋빛으로 그리고 밝고 맑은 날로 붉어지며,

당신의 니에블라를 당신의 빛으로 물들이고 있는
지금,

만일 벌써 우엘바의 담들이

당신을 보고 있는 게 아니고,

바람을 빗질하고, 숲을 지치게 하고 있지 않다면 말
이지요.

〈탈리아〉는 희극과 전원시의 뮤즈이다. 〈우엘바의 담들이 당신을 보고 있는 게 아니고〉는 〈우엘바로부터 멀어져〉라는 뜻이고, 〈빗질〉의 주체는 백작 매의 비행이다. 〈지치게〉는 사냥으로 인한 결과이다. 〈니에블라〉는 안달루시아에 있는 우엘바시 근처 마을인데, 동시에 〈안개〉라는 뜻도 있다. 〈당신의 빛으로 물들이고〉는 백작을 태양으로 언급했듯이, 여명의 빛이 아침나절의 안개 위를 걷기 시작했다는 뜻이다.

2

멋진 새는 조련사의 손에서 부리로 자신의 깃털을 다듬거나,
아니면 워낙 조용하고 움직임이 적은 새이기에
횃대에 앉아, 목에 달린 방울조차
소리 나지 않도록 하고 있구나!
안달루시아의 열정적인 말은 질주를 멈추게 하는 금빛 재갈을 조급하게 물어뜯어
황금 재갈을 거품으로 하얗게 하고, 사냥개는 자신을 묶고 있는
비단 끈에서 도망가고자 안달하며 낑낑대고 있나니!
사냥이 멈춘 지금, 뿔피리에 드디어 수금이 뒤를 잇나니!

〈뿔피리〉는 사냥꾼의 물건이고, 〈수금〉은 시인의 악기

이다.

3
당신의 고귀함에 어울리는 천막 아래에서
당신은 장사 음악가의 사나운 노래를 들으시사,
달콤한 고요와 예의 바른 오락이 사냥의 거친 운동에
휴식과 쉼이 될 수 있기를 바랍니다.
오늘은 당신의 사냥을 뮤즈와 시로 번갈아 하세요.
만일 나의 뮤즈가 명성의 두 번째가 아닌(명성보다
못하지 않은)
그만한 나팔 소리를 제공할 수 있다면,
나의 시로써 당신의 이름은 세상 끝까지 울려 퍼질
겁니다.

〈장사 음악가〉는 폴리페무스, 〈나의 뮤즈〉는 나의 시를
말한다.

이렇게 처음 세 개의 연은 도입부이며 니에블라의 백작
에게 바치는 헌사이다. 나머지 예순 개의 연이 폴리페무
스와 갈라테아 이야기로, 앞선 세 개의 연과 같은 옥타바
레알로 쓰였다. 이 시 양식은 이탈리아 르네상스 시대에
탄생한 것으로 루도비코 아리오스토Ludovico Ariosto는 이
형식으로 『광란의 오를란도Orlando Furioso』를 썼다.

4

시킬리아의 거품이 이는 바다가(불카누스 용광로의
천장이 아니면

티폰의 뼈가 묻힌 무덤으로 사용되는)

릴리베오의 발을 은빛으로

광을 내고 있는 그곳에는

재로 덮인 한 평지가 불카누스의 대장간에서의 힘든 일

―티페오의 불경스러운 욕망이 아닐 때―의

창백한 신호를 준다오. 그곳에는 높은 바위가

동굴의 입구를 막고 있지요. 동굴 입에 재갈처럼 말
이죠.

아이트나 화산이 용광로의 둥근 천장이고 봉분이다. 이
시에 따르면 시킬리아섬 릴리베오 곶에는 아이트나 화산
이 있는데, 그 안에 대장장이의 신 불카누스의 용광로가
있어 불을 뿜어 낸다.(실제 아이트나 화산은 릴리베오에
서 멀고, 파세로와 페로로 사이에 있다.) 위압적인 화산
전체는 거인 티폰의 무덤이다. 티폰은 신들에게 전쟁을
선포하다 유피테르가 던진 바위에 압사당한다. 폴리페무
스 역시 거인이고 이 자가 던진 바위에 아키스는 압사당
한다. 유피테르와 티폰 이야기로 그러한 사실을 암시하
고 있다. 〈불경스러운 욕망이 아닐 때〉는 자신의 무덤에
서 불타는 재를 토해 내는 경우가 아닐 때라는 뜻이다.

〈발〉은 곶(串)으로, 바닷물에 씻기는 육지를 〈발〉로 표현했는데, 발이므로 신발을 신고 있으니 이 신발에 은빛 광을 낸다는 것이다.

하나의 대상을 단순하게 직접 언급하지 않고 에둘러 표현하는 수사법을 완곡어법, 또는 배제법이라 한다. 공고라는 아이트나 화산을 직접 언급하지 않는 한편, 불카누스의 용광로이자 티폰의 봉분인 이 아이트나 화산이 폴리페무스의 동굴이라 한다. 이미지의 관계 맺기이다. 이 두 개의 지리적인 요소가 이야기의 무대를 구성하며 폴리페무스의 상황을 암시한다. 〈재〉라는 스페인어 〈세니사〉는 〈시니스〉란 라틴어에서 온 것으로 화장한 인간의 몸에서 난 재를 말하기도 한다. 사체나 죽음을 생각나게 한다. 〈창백한〉이란 뜻의 〈팔리도〉 역시 라틴어에서 온 말로 죽음과 연계된다. 아이트나 화산이 뿜어 내는 불은 평지를 덮는 용암의 재로 사멸한다. 〈뼈가 묻힌 무덤〉 역시 죽음을 상기시킨다. 즉 불과 죽음이 공존하는 공간이다. 그러니까 공고라는 작품 시작부터 사랑과 죽음을 관계 지어 놓고 끝까지 끌고 간다. 폴리페무스는 사랑의 불길, 열정을 느낀다. 그러나 그의 사랑은 삶이 아니라 죽음을 초래할 것이다. 동굴 입구를 바위로 막은 것을 〈입에 재갈〉을 물린다고 표현하는데, 이처럼 기발한 은유가 시에서 끊임없이 등장한다. 이어 폴리페무스의 동굴이 묘사된다.

5

강인한 줄기들이 이 단단한 바위를 지키는
거친 장식이지요. 얽히고설킨 머리털 때문에
깊은 동굴에는 (이 동굴을 덮고 있는) 바위보다
맑은 공기와 빛이 덜 들어오지요.
어두운 동굴의 내부는 어두운 밤의
음침한 잠자리로, 밤에 슬피 울면서 힘들게 날아다니는
밤의 새들의 파렴치한 분뇨가
우리에게 그러한 사실을 보여 주고 있지요.

〈거친 장식〉은 동굴 입구를 꾸민 거목들, 즉 〈강인한 줄
기들〉의 형상을 말하는데 공고라 시는 이렇게 표면적으
로만 이해하면 안 된다. 이들은 무성한 자신의 잎(머리
털)으로 바위보다 빛과 공기가 덜 들어오게 〈지키므로〉
수비대이다. 공고라의 유머가 느껴진다. 〈밤의 새들〉은
박쥐이다.

6

그러니까, 이 땅이 커다랗게 하품하는
우울한 공간이 그 대지의
공포인 폴리페무스에겐
그늘진 피난처, 촌스러운 움막이었으며,
동시에 그 지역 험한 산꼭대기들이 숨기고 있는

106

모든 산양 가축들을 가두는 널찍한 우리이지요.

폴리페무스는 휘파람으로 그 멋지고 많은 가축을 모

으고,

크고 우뚝 솟은 바위로 봉해 버리지요.

〈우울한 공간〉은 동굴이다. 이어 폴리페무스의 모습이
그려진다.

7

폴리페무스는 넵투누스의 사나운 아들로 천체만큼

큰 이마에 있는 단 하나의 눈으로

천체를 밝히는데, 이 눈은 최고로 빛나는

태양과 맞먹을 정도의 경쟁자이지요.

그의 사지는 어마어마한 산이라,

가장 강한 소나무를 지팡이로 사용하는데, 외눈박이

에게는 참으로 가벼워

그의 육중한 무게에 너무나 가냘픈 골풀인지라,

하루는 지팡이였다가 다음 날이면 목동의 지팡이가

되곤 하지요.

〈넵투누스〉는 바다의 신이다. 시에 과장이 넘친다. 폴
리페무스 얼굴이 천체이고 눈은 태양에 맞먹는다. 또 〈사
지〉는 산이다. 소나무가 지팡이로 사용되는데 이 역시 그

요한 하인리히 빌헬름 티슈바인Johann Heinrich Wilhelm Tischbein,
「폴리페무스」(1802).

에게는 골풀이나 마찬가지이다.

8

그의 검고 곱슬곱슬한 머리카락은 마치
죽은 자들의 영혼이 지나는 검은 레테강의
물결 같고, 감는 법이 없이 폭풍우에
머리카락을 빗었으며, 이리저리 날리지요.
격렬한 격류이자 (이 피레네산맥의 검게 탄 자식인)
그의 수염은 그의 가슴으로
폭풍우에 넘실대며 가끔 그것도 쓸데없이, 아니면
서툴게 자신의 손가락으로 고랑을 만들지요.

　5연의 어두운 이미지가 동굴 이미지를 통해 폴리페무
스에게로 옮겨지고, 이는 죽음과 연계된다. 죽음을 상징
하는 넘실대는 레테강의 물결은 폴리페무스의 머리카락
과 닮았다. 검은 머리카락은 레테강의 검은 물과 같다. 어
두움이나 죽음의 이미지는 폭력으로 나아가고, 〈격렬한
격류〉인 그의 수염은 유일한 빗인 폭풍우에 함부로 날리
니 무질서를 동반한다. 〈피레네의 검게 탄 자식〉이란 표
현은 전설에 기인한다. 스페인과 프랑스를 가르는 이 산
맥의 이름은 그리스어 〈불〉에서 나왔다고 한다. 한 목동
이 지핀 화톳불이 번져 온 산을 태웠고, 산에 있던 광물이
녹아 불같은 격류로 흘러내렸다고 한다. 그래서 폴리페

무스의 수염을 검게 탄 자식이라고 표현했다. 이 연에서
보이는 폭력이라는 파괴적인 힘은 폴리페무스가 다루는
악기와 노래로 이어지며, 그는 인간이라기보다 자연의
힘을 대변하는 짐승으로 그려진다. 이어 시인은 폴리페
무스의 잔인성을 이야기한다.

9
트리나크리아는 자기 산에다 그렇게 잔인하고,
날렵하며 그렇게 바람을 신은 발로
무장한 짐승을 키운 적이 없어요.
그의 가죽은 백 가지 색깔로 얼룩덜룩했어요.
느릿느릿한 걸음으로 황혼의 의심스러운
빛을 밟으며 우리로 모는 농부나
몰리는 소들에겐 숲속에서 치명적인
공포를 일으키는 야만적인 존재이지요.

〈트리나크리아〉는 삼각형 모양의 땅이라는 뜻으로 시
킬리아섬을 가리키고, 〈바람을 신은 발〉은 발 빠름을 의
미한다. 시킬리아에는 폴리페무스처럼 강인하고 바람처
럼 빠르고 거칠며 알록달록한 옷을 입은 자가 존재한 적
이 없다. 소들은 낮이고 밤이고 그가 무서워 우리에 숨는
다. 폴리페무스가 그들을 잡아 가죽으로 옷을 해 입기 때
문이다. 보통 두려움의 대상인 숲의 야생 동물조차 두려

위할 정도로 그는 야만스럽다. 〈황혼의 의심스러운 빛〉은 희미한 불빛으로, 이 희미함은 의심스러운 대상과 의심하는 주체를 동시에 언급한다. 빛을 수식하는 〈의심스러운〉으로 빛이 자기 존재를 의심하는지, 농부가 신중하여 빛을 의심하는지 알 수 없게 하여, 이 두 가지를 다 암시하는 모호성의 전략으로 불안한 상태에 놓인 빛과 인간을 하나로 잇는 예리함이 돋보인다. 〈느릿느릿한〉에는 해가 지는 모습과 농부와 소의 걸음걸이가 한꺼번에 걸리는데, 한 번 언급하는 것으로 그쳐 주체가 누구인지 모호하다. 이어 폴리페무스의 자루가 언급된다.

10
그의 자루는 할 수 있는 한 최대치로,
거의 터질 정도로 과일의 울타리가 되어 있죠.
늦가을은 이것을 인자한
풀의 부드러운 가슴 속에 맡겨 두지요.
자그마한 배는 건초가 주름을 만들어 주지요.
금빛의 짚은 배의 황금빛 요람이자
창백한 보호자이지요. 탐욕스럽게
거부하고 완전하게 황금색이 될 때까지 품지요.

사람들은 겨울을 나기 위해 과일을 풀 속에 보관한다. 〈짚〉은 배들이 황금빛으로 숙성될 때까지 보관하는 요람이다. 지참금이 마련되고 결혼할 준비가 될 때까지(〈황금색이 될 때까지〉) 남성의 시야에서 조심스레 지켜내야 할(〈탐욕스럽게 거부하고〉) 미성년을 둔 보호자이기도 하다. 그런데 이 보호자는 창백하다. 즉 무기력하다. 공고라의 유머이다.

11

자루는 밤의 고슴도치이지요.

(익은 모과나 설익은 모과 사이에 있는) 사과에게도 고슴도치이지요.

사과는 창백한 것으로가 아니라

그 반대로 새빨간 것으로 숨기고 있는 위선자이지요.

그리고 상수리나무에게도 고슴도치이지요.

(산의 영광으로 황금 세기에는 지붕이었죠.)

비록 거칠긴 하지만 가장 멋진 세상의,

세상 초기 천진함의 식량이지요.

〈밤의 고슴도치〉는 밤송이가 밤을 품듯이 자루가 그런 역할을 하고 있다는 것이다. 〈창백한 것으로가 아니라 (……) 위선자〉인 이유는 창백한 자신의 껍질 뒤로, 앞으로 익으면 취하게 될 붉은 껍질인 열렬한 열망을 숨기고 있어서다. 또는 속죄의 고행으로 창백해서가 아니라, 반대로 새빨간 것(즉 붉은 껍질) 뒤에 납빛 살을 간직하고 있고, 게다가 시기도 하기 때문이다. 〈상수리나무〉는 줄기가 굵고 키가 크고 나뭇가지의 끝은 둥글고 잎이 무성하여 지붕 같다. 이러한 나무를 자루가 품을 수는 없다. 상수리나무의 공물인 도토리를 품는다는 말이며, 〈식량〉 역시 도토리이다. 이어 폴리페무스의 피리를 이야기한다.

12

밀랍과 삼으로 백 개의 갈대를 이어(그러지 말아야 했는데),

엄청난 소리를 만들어 냈는데, 그 알보게가

내는 울림이 그것을 만드는 데 사용된

갈대의 수만큼이나 지독스레 반복되었죠.

밀림과 그 속에서 사는 존재들은 모두

허둥지둥 당황하고, 바다는 동요하죠. 트리톤은

삐뚤어진 소라를 부숴 버린답니다. 선박은

귀가 먹먹해져 전속력으로 도망가지요, 폴리페무스의 음악이 그 정도라니까요!

〈알보게albogue〉는 뿔 나팔이나 트럼펫을 뜻하는 아랍어에서 유래한 단어로, 목동들이 불던 피리의 일종이다. 〈갈대의 수만큼이나〉는 폴리페무스가 부는 알보게 소리가 무척이나 크다는 것을 의미한다. 귀가 먹을 정도로 요란한 그 굉음을 들으면 밀림과 바다가 당황하고, 바다의

안니발레 카라치Annibale Carracci, 「폴리페무스와 갈라테아」(1605).

신 트리톤은 화가 나서, 파도를 진정시키거나 거세게 할 뿐 아니라 바다의 폭풍우와 굉음을 만들어 내던 자기 소라를 부숴 버린다.

여기까지가 폴리페무스와 관련된 내용이다. 이야기가 시작되는 장소를 묘사하고 이어 폴리페무스가 사는 동굴과 그의 외형을 묘사한 다음, 잔인한 성품, 가죽 자루, 그의 악기가 내는 엄청난 굉음에 대한 이야기를 죽 펼쳐 놓았다. 이어 요정 갈라테아가 등장한다.

13
도리스의 딸인 요정을 흠모하지요. 그 요정은
거품의 왕국이 본 가장 아름다운 여인이지요.
그 요정의 이름은 갈라테아로 베누스는 자신의
세 가지 우아함을 그녀에게 달콤하게 더했지요.
그녀의 빛나는 눈은 그녀의 하얀 깃털에서 도드라지는
마치 두 개의 별과 같았어요.
넵투누스의 유리 바위가 아니라면
베누스의 공작새, 유노의 백조이지요.

폴리페무스가 갈라테아를 사랑한다. 〈도리스〉는 바다의 여신으로 오케아누스와 테티스의 딸이다. 가이아와 폰토스의 아들 네레우스와 결혼하여 쉰 명의 딸을 뒀는데, 이들이 바다의 요정인 네레이데스로 그중 하나가 갈라테아이다. 〈세 가지 우아함〉이란 미의 여신 베누스의 아름다운 세 딸로 광휘와 기쁨과 화려함이다. 이들은 신이나 인간의 즐거운 행사, 즉 연회나 축제나 무도회를 주관한다. 〈유리 바위〉는 하얀 피부와 동시에 그녀의 냉담한 마음을 말한다. 구애하는 남자들을 모두 거부하기 때문이다. 갈라테아는 신의 딸이니 신성을 가졌고, 별과 바위이므로 무생물의 세계에도 속하고, 새이므로 동물의 세계에도 속한다. 식물의 세계에도 속한다면 이 세상의 모든 존재가 될 수 있다. 이는 다른 연에서 이루어진다. 〈베누스〉는 아름다움의 은유이고 〈유노〉는 전사적인, 강한 성격의 은유이다.

〈공작새〉와 관련된 신화는 이렇다. 유피테르의 아내 유노가 눈을 1백 개 가진 거인 아르고스에게 자신을 섬기는 사제 중의 하나인 이오를 지켜 달라고 부탁했다. 유피테르가 그녀를 암소로 바꿔 놓았던 차였다. 하지만 유피테르는 자신의 사신 메르쿠리우스로 하여금 아르고스를 죽이도록 했다. 유노는 이 거인을 기리고자 그의 1백 개의 눈을 공작의 깃털에 달았다. 마지막 행은 스페인 수사학에서 〈이팔라헤〉라고 하는 구문 관계의 상호 교환이다. 갈라테아는 베누스의 백조이고 유노의 공작새인데, 한 여인에게 두 종류 새의 특성을 섞음으로써 그녀가 백조의 우아함과 아름다움, 공작새의 위엄(권력)을 가지고 있음을 암시한다. 본래의 의미 너머 아름다움과 위엄을 더욱

생생하고 강하게 느끼도록 하려는 작가의 의도가 엿보인
다. 하얀 깃털의 백조에게 달린 아르고스의 빛나는 눈, 유
리처럼 매끈하고 투명한 피부로 형상화된 갈라테아는 아
주 아름답다. 하지만 베누스뿐 아니라 유노의 속성도 지
녔기 때문에 성격이 강하고 자기만족도 심하다. 〈아름다
움〉과 〈권력〉은 인간의 삶에서 행복을 보장해 주는 경쟁
적 속성이다. 파리스의 심판 이야기에서 베누스는 파리
스에게 가장 아름다운 여인을, 유노는 권력을 주겠노라
약속했던 데서도 알 수 있다. 공고라는 이러한 경쟁 관계,
즉 자연의 부조화를 조화롭게 해결하여 갈라테아는 넵투
누스의 바위이고 베누스의 공작이자 유노의 백조이지만,
어느 것으로도 갈라테아를 묘사하기에는 부족하다는 사
실을 알리기도 한다.

한편 폴리페무스가 거인으로서 크기와 힘이라는 물질
적인 속성으로 섬을 다스린다면 갈라테아는 정신적으로
상대를 지배한다. 섬의 거주자들이 모두 그녀를 흠모하
여 여신으로 섬긴다. 그녀의 이미지는 하양과 빛의 성격
을 띤다. 폴리페무스의 이미지가 악마적이라면 갈라테아
의 이미지는 묵시론적이다.

14

알바는 백합의 순백색의 갈라테아 피부 위로
자줏빛 장미 꽃잎들을 흩뿌리지요. 사랑의 신이

귀스타브 모로Gustave Moreau, 「갈라테아」(1880년경).

그녀의 색깔이 과연 눈이 내린 자주색인지
아니면 붉은 눈인지 망설일 정도지요.
갈라테아의 이마는 진주라, 에리트레아 진주가
경쟁한다는 것은 부질없는 일이지요.
눈먼 신은 진주의 무모함에 화가 나 진주의 광채를
벌하여,
금박을 둘러 그녀의 자개 귀에 매달리게끔 하지요.

〈알바〉는 여명의 여신, 〈눈먼 신〉은 사랑의 신이다. 〈무모함〉은 감히 견주려고 하기 때문이고, 〈금박을 둘러〉는 그녀의 금발 머리에 둘러싸인 것을 의미한다. 〈자개〉는 조개인데, 귀는 모양과 색깔이 조개를 닮았다. 갈라테아의 귀가 진주가 머무는 조개를 대신한다. 갈라테아의 아름다운 이미지는 줄곧 하양과 붉음으로 형상화된다. 붉은 장미는 베누스의 성스러운 꽃이다. 원래 장미의 색깔은 하양인데, 베누스가 이 꽃을 잡으려다 가시에 찔려 흘린 피로 꽃이 붉게 변했다. 그러니까 붉음은 사랑을 상징하기도 한다. 사랑과 아름다움은 불가분의 관계이다. 아름다움은 사랑받게 마련이고, 사랑받는 대상은 아름답다. 폴리페무스의 비극은 추하여 사랑받을 수 없다는 것이고, 갈라테아의 비극은 아름답기에 사랑받을 수밖에 없다는데 있다. 이어 갈라테아를 사랑하는 바다의 신들에 관한 이야기가 나온다.

15

요정들은 그녀의 아름다움을 질투하고, 바다가
명예롭게 하는 그 많은 바다 신들이 그녀를
정성껏 보살펴 주지요. 날개 달린 어린 수부의 긍지는
등대도 없이 자신의 샘을 이끌지요.
해안은 녹색 머리와 비늘 없는 가슴을 가진,
하지만 걸걸한 목소리의 글라우쿠스가 배은망덕한
그녀에게 유리 마차를 타고
은빛 들판을 밟아 보라고 유혹하는 소리를 듣지요.

〈등대도 없이〉는 사랑의 신 쿠피도가 맹인으로 형상화
되어 빛이 없음에도 수부처럼 〈자신의 샘〉인 어머니 베누
스의 조개를 이끈다는 말로, 즉 사랑을 주도한다는 뜻이
다. 그러니 목적지도 종착지도 알 수 없다. 갈라테아는 아
무것도 모르는 어린애 같아 모두가 보살피는데, 바다의
신이자 괴물인 〈글라우쿠스〉가 그녀를 사랑하여 자신의
유리 마차를 타고 파도 위로 여행해 보도록 유혹한다. 글
라우코는 가슴 아래로 비늘이 있고 녹색 머리카락과 강하
고 걸걸한 목소리를 가졌다. 그가 갈라테아를 〈배은망덕〉
하다고 생각하는 이유는 자기의 온갖 유혹에도 냉담하기
때문이다. 원래 그리스 신화에서 글라우쿠스는 갈라테아
가 아닌 스킬라를 사랑한 신이다.

16

팔라이몬은 젊은 바다 청년, 가장 부드러운 산호로
푸른 관자놀이를 장식하던 구애자로, 바다가
만들 수 있는 모든 재산을 소유할 정도로 부자이지요.
그의 재산은 메시나 등대에서부터 그 섬의 반대 끝까
지 이르지요.
하지만 호의에서는 똑같아요. 비록 경멸에서는
폴리페무스보다 약간 덜하지만요. 물론
팔라이몬의 구애에도 전혀 관심을 두지 않아요. 그래서
그가 거품을 밟으면, 그녀는 마치 발에 날개가 달린
것처럼 숱한 꽃을 밟았지요.

〈팔라이몬〉은 또 다른 바다의 신이다. 팔라이몬이 갈라
테아를 사랑한다고 하는데 이 역시 공고라의 설정이다.
〈반대 끝〉은 릴리베오 곶을 말하고, 〈거품을 밟으면
(……) 숱한 꽃을 밟았지요〉는 그녀를 쫓으면 해안에서
민첩하게 도망갔음을 뜻한다.

17

그 예쁜 요정은 도망가고, 수영을 잘하는
바다의 사랑꾼은 갈라테아의 거룩한 발에
독사일 수는 없으니, 그녀의 빠른 경주를 막을
황금 사과가 되고자 하지요.

하지만 어떤 치명적인 이빨이, 어떤 섬세한 금속이

그렇게 경멸하며 가볍게 달아나는 자를 멈출 수 있을

까요?

오, 땅에서 암노루를, 물에서 쫓으려는

돌고래는 얼마나 큰 실수를 저지르고 있는 것인가!

〈거룩한 발에 독사〉에서는 오르페우스의 아내 에우리디케의 죽음이 떠오른다. 에우리디케는 그리스의 전설적인 시인 아리스타이오스의 구애를 받았는데 그를 피해 도망가다 뱀에게 발이 물려 죽는다. 〈황금 사과〉에 얽힌 신화는 이렇다. 나는 듯이 달리는 아탈란타는 경주 시합에서 자기를 이기는 자와 결혼하기로 한다. 하지만 아무도 그녀를 이길 수 없었다. 이기지 못하는 자는 죽음이라는 벌을 받았다. 그러던 중 베누스에게 황금 사과 세 개를 받은 히포메네스가 그것들을 하나씩 던지는 술수를 부려 경주에서 이긴다. 아탈란타가 황금 사과를 줍느라 달리기를 지체했기 때문이다. 〈땅에서〉와 〈암노루〉 사이에 〈달아나는〉이 생략되어 있다. 이어 시킬리아섬이 와인과 과일, 그리고 곡물로 풍요롭다고 이야기한다.

18

시킬리아는 숨겨져 있는 것에서나 제공하는 것에 있어서

바쿠스의 잔이고, 포모나의 과수원이지요.

포모나는 섬을 과실들로 살찌우고 바쿠스는
섬을 포도송이로 왕관을 씌워 주니 말이죠.
케레스는 여름이면 자기 마차로 시킬리아의 들판을
돌아다니는 일을 잊지 않으니, 그 들판에서는 언제나
풍부하고도 푸짐한 이삭들이 반짝이는 들판을 탈곡
하는 것처럼 보여요.
그 이삭들은 개미인 유럽의 지방들을 그 섬으로 끌어
당기곤 하죠.

시킬리아가 술의 신인 바쿠스의 잔이고, 과일의 여신
포모나의 과수원이며, 들판이 곡물의 여신 케레스의 마
차라는 것은 과장이다. 그런데 이 과장이 마지막에 이르
면 로마 제국의 지방들이 개미 수준으로 강등되어 형세가
뒤집힌다. 로마 제국의 곡창이라는 시킬리아의 이미지를
내세운 의도는 명확하다. 끊임없이 오가는 사람들과 짐
을 싣고 내리는 배들로 붐비는 항구의 소란스러운 풍광이
눈에 보이는 듯하다. 그리고 밀 따위의 이삭에서 낱알을
떨어 내거나 낱알의 겉겨를 벗겨 내는 일의 주체가 이삭
이고 목적어가 들판이다. 들판에서 이삭을 탈곡하는 게
아니라 이삭이 들판을 탈곡한다. 의인화와 과장이다. 동
시에 역발상으로 기존 질서를 해체하여 현실에서 벗어나
현실을 재구성해 보려는 의도도 있다. 이어 시킬리아섬
의 가축과 남자들이 모두 갈라테아에게 의존한다는 이야

기가 나온다.

19

시킬리아가 풍요로운 건 케레스가 평평한 평야에
한 일 때문인데, 이보다 더 팔라스의 덕분이지요.
평야에 황금의 곡물이 비가 오듯 내린다면,
시킬리아의 산꼭대기에는 수천 개의 눈송이가 내리
거든요.
금빛 곡물을 거두는 자든, 눈을 깎는 자든,
압축된 붉음을 파이프에 보관하는 자든,
이 모든 이들에게, 사랑으로든 종교로든,
갈라테아는 신전만 없었을 뿐 그들의 여신이었지요.

〈팔라스〉는 가축의 여신, 〈눈송이〉는 양털, 〈눈을 깎는
자〉는 목축업자, 〈붉음〉은 포도주, 〈파이프〉는 술통이다.
자연을 대변하는 농작물, 목축, 양털, 모두가 아름다움(갈
라테아)에 봉헌한다.

20

하지만 제단이 없지는 않죠. 갈라테아가
자신의 날렵한 발을 멈추는 거품이 이는 바닷가에
농부는 자신의 첫 번째 수확물을 바쳤고, 목축업자들은
가축으로 얻은 이익을 바치곤 했으니 말이죠.

채소를 가꾸는 자는 별 욕심이 없는 땅을
복사하여 뿔을 완전히 붓지요.
자신의 기만적이지 않고
정직한 딸이 짠 버들가지에다 말이죠.

　사람들은 신에게뿐만 아니라 바다 요정에게도 기도했
다. 바다 요정의 제단은 주로 바닷가에 있었고 공물로는
주로 우유, 기름, 꿀, 염소 고기 등이 올라갔다. 〈복사하
여〉는 모방한다는 뜻이고 〈뿔〉은 부의 상징이며 〈버들가
지〉는 바구니이다.

　21
청춘이 불타, 쟁기질이 정신을 딴 데 둔 채 이미
고랑을 파 놓은 땅을 빗질하지요.
느린 소들이 끌지 않을 때면 엉망이랍니다.
자신의 주인처럼 유랑하지요.
가축 떼들은 자신들을 불러 모아 줄 목동이 없어
투석기의 삐걱 대는 소리를 잊고 있답니다.
가여운 목동을 대신해 오직 산들바람 소리나
떡갈나무의 삐걱거림만이 들릴 뿐이지요.

　빗질의 주체는 젊은 농부들이다. 젊은 농부들을 그들의
노동으로 형상화하면서 동시에 쟁기질을 의인화했다. 아

이트나 화산이 속에서 타듯이 갈라테아에게 구애하는 자들도 속이 타는데, 갈라테아는 도망만 다닌다. 사랑의 열정이 해결되지 않으니 삶의 목적과 질서가 무너져 내린다.

22

밤에는 개가 짖지를 않고 낮에는

이 언덕 저 언덕으로 떠돌아다니며 나무 그늘에서 잠을 자지요.

가축이 울지만, 그 딱한 울음소리는 어둠 속에서

태어난 야행성의 늑대에게만 들릴 뿐이지요.

늑대는 가축을 사납게 먹어 치우고, 다른 양이

먹어야 할 풀을 자기가 먹어 치운 양의 피로 축축하게 만들어 놓지요.

오, 사랑이여, 휘파람 소리가 다시 울리도록 하라, 아니면 자기 주인을,

개의 침묵이 따르도록, 그리고 잠자게 하든지!

목동이 본분을 잊어 가축이 방황하고, 사랑에 빠진 주인처럼 개 역시 밤에 떠도는 늑대로부터 양을 지킬 생각이 없다. 사랑의 신으로 하여금 목동들에게 〈휘파람 소리가 다시 울리도록〉, 즉 목동들이 자기 일인 목축에 신경을 쓰도록 하란다. 마지막 행은 두 가지로 해석할 수 있다. 짖지도 않고 잠만 자는 개는 쓸모가 없으니 주인을 따라다

니는 일을 그만두게 하라, 혹은 계속해서 주인처럼 일하지 않고 가만있도록 하라.

여기까지 시킬리아섬 주민들이 모두 갈라테아를 너무도 사랑하여 거의 정신을 놓은 채로 지내며 그녀에게 봉헌하는 상황을 이야기하고 있다. 시인은 다시 갈라테아 이야기로 돌아가고, 갈라테아는 잠이 든다.

23
한편 달아나는 요정은, 월계수가 불타는 태양에게서
자신의 몸통을 훔치고, 무성한
풀들이 그녀의 그 많은 재스민을 감춰 주는 곳에서,
샘은 그녀의 사지의 눈[雪]을 주지요.
그곳에서는 나이팅게일이 달콤하게 불평하면
다른 나이팅게일이 달콤하게 응답하고,
조화가 그녀의 눈을 달콤하게 잠에 빠지게 하지요.
세 개의 태양이 대낮을 불사르지 않도록 말이죠.

〈요정〉은 갈라테아이고, 〈자신의 몸통을 훔치고〉는 태양의 강한 열기를 자신의 잎으로 막아 몸을 보호한다는 뜻이고, 〈재스민〉은 하얀 요정의 몸, 〈사지의 눈〉은 하얀 팔과 다리이며, 〈감춰 주는〉은 요정이 구애자들에게서 벗어나 안전함을 느낀다는 뜻이며, 〈세 개의 태양〉은 태양

마르코 덴테Marco Dente,
「폴리페무스에게서 달아나는 갈라테아」(16세기 초).

과 요정의 두 눈이다. 3행과 4행은 해석이 간단하지가 않다. 대부분이 그렇지만 이 대목은 특히 더하다. 한 가지 해석은 이렇다. 갈라테아가 샘가의 풀 위에 누웠다. 그녀의 눈처럼 하얀 몸을 가린 풀이 재스민 꽃을 피우는 듯이 보인다. 또 다른 해석은 이렇다. 재스민은 물에 비친 그녀의 몸이다. 풀에 덮인 눈이 물에 비칠 때 재스민처럼 보인다. 혹은, 갈라테아는 엎드려 샘물을 마신다. 몸을 앞으로 기울이면 얼굴이 물에 잠길 것이다. 풀에 남은 몸은 눈이고, 물에 비치거나 잠긴 부분은 재스민이다. 쉼표가 없고, 주어가 두 개일 가능성이 있어 해석하기가 어렵다. 〈샘〉을 여격으로 해석하면 〈샘에게 자기 사지의 눈을 준다〉가 된다. 일견 몸을 담근다는 말로 보이지만 실제로는 풀 위에 누웠으니 샘에 비친 모습일 것이다. 또는 〈그녀의 몸이 풀 위에 꽃을 피운 재스민을 샘에게 준다〉로 해석할 수도 있다. 시인이 물에 비친 갈라테아의 아름다움을 보이고자 한다면 그녀가 물의 일부를 이루고 있는 것처럼 묘사해야 할 것이다. 그러면 〈하얀 몸〉이라는 흔한 이미지를 다듬어야 하는데, 물에 반사되는 이미지가 더 아름답지 않을까. 이렇게 해석하느라 머리를 짜내야 하니 시가 주는 아름다운 이미지를 놓치게 된다는 점이 공고라 시의 난제이다. 이어 태양의 열기가 한창일 때, 갈라테아가 있는 곳으로 아키스가 온다.

24

별들로 옷 입은 태양의 도롱뇽인,

하늘의 개가 헐떡이고 있을 때, 아키스가

(머리카락은 먼지로 뒤집어쓰고, 그 번쩍이며 빛나
는 땀방울이

불타는 진주가 아니라면 축축한 불똥으로 흘리며)
도착했어요.

아키스는 달콤한 서쪽이 태양을 (숨기듯이),

요정의 달콤한 잠이 요정의 아름다운 두 빛을 (숨기
고 있는 것을) 보았지요.

그의 입은 수런수런한 유리에,

그의 눈은 말 없는 결정체에서 시선을 뗄 수 없었
지요.

〈도롱뇽〉은 자신은 타지 않으면서 남을 불태우는 불의
정령이다. 〈하늘의 개〉는 쌍둥이자리와 사자자리 사이에
있는 거해궁으로, 이 별자리가 보일 때가 1년 중 가장 덥
다. 〈헐떡이고 있을 때〉는 불을 뿜고 있을 때라는 뜻이고,
〈수런수런한 유리〉는 샘물, 〈결정체〉는 매끈한 그녀의 사
지를 말한다. 갈라테아가 시냇가에서 누워 잠들어 있다.
그녀의 하얗고 투명한 피부와 맑은 물이 경쟁한다. 둘 다
유리 같은 성질을 띠지만 하나는 수런거리고 다른 하나는
소리가 없다. 아키스에게는 물과 갈라테아, 둘 다 청량제

이다. 그의 타는 듯한 입은 물로 해갈되고, 그리움은 그녀를 눈으로 봄으로써 충족되기 때문이다. 유리가 수런거리기도 하고 침묵을 지키기도 하면서 입과 눈에 매인다. 아키스는 여느 젊은이처럼 갈라테아를 향한 사랑의 열정과 여름의 불길에 타오른다. 그들 모두가 도롱뇽이다. 아키스는 땀으로 범벅이 된 얼굴을 씻고 갈증을 푼다. 그때 강가에서 잠든 갈라테아를 보게 된다. 그가 마신 물은 돌 사이에서 부딪히며 소리를 내는 유리이고, 갈라테아는 잠들어 있기에 소리가 없는 유리이다. 결국 갈라테아와 물은 같은 존재이다. 아키스의 땀방울은 진주처럼 맺혀 태양 빛에 반짝인다. 〈불똥〉은 타는 물건에서 튀어나오는 아주 작은 불덩이로, 불에 타는 아키스에게서 흘러내리는 땀방울이다. 햇볕이 진주의 재료가 되고, 땀의 습기가 불똥의 재료가 된다. 이어 아키스에 대한 묘사가 나온다.

25

아키스는 쿠피도의 화살이었지요.
목신과 바다의 영광이며
그 해안의 영예인 아름다운 요정인
시마이티스의 아들이었지요.
강철이 자석에 끌리어 신도가 우상을 숭배하듯
잠이 든 우상을 숭배하게 되었지요. 그는
그녀에게 자신의 가난한 장원이 생산하는 풍요로운

그 모든 것을 바쳤지요.

　소들이 남긴 것과 떡갈나무가 촉진하는 것을요.

　아키스가 쿠피도의 화살로 사용되었다. 〈목신〉은 반은 사람이고 반은 맹수이다. 아키스(강철)가 갈라테아(자석)에게 소들에게서 나오는 우유와 떡갈나무 구멍에서 생산되는 꿀을 바친다. 이어 아키스가 잠든 갈라테아 옆에 둔 선물에 대한 이야기가 나온다.

　26
　아키스는 버들가지로 된 흰 바구니를 그녀 옆에 놔두었지요.
　거기에는 푸른 것과 마른 것 사이에 있을 때 갖게 되는
　갓 여문 천국의 맛을 보존한 아몬드가 들어 있어요.
　또 초록 골풀로 싼 버터 덩이도 두었어요.
　작지만 잘 만들어진 코르크로 된 통에는
　속이 빈 떡갈나무의 금빛 자식이 있는
　아주 달콤한 벌집을 두었지요.
　봄이 벌집의 밀랍에 자신의 감로를 연결해 주었지요.

　〈푸른 것과 마른 것 사이〉란 설익지도 성숙기를 지나 마르지도 않았다는 뜻이고, 〈금빛 자식〉은 꿀, 〈감로〉는 꽃들의 향기와 달콤함을 가리킨다. 아키스는 반인반수의

아들이지만, 갈라테아에게는 야수의 모습을 전혀 드러내지 않는다. 오히려 온갖 예의와 존경을 표한다. 열정을 길들이는 정중한 사랑이다. 갈라테아는 연인의 새롭고 교양 있는 모습에 감사를 느낀다. 이어 더운 아키스가 시냇물에 손과 얼굴을 씻고 미풍이 갈라테아가 잠든 곳을 가린 잎을 흔드는 이야기가 나온다.

27
더운 아키스는 개울에 손을 담그고
손으로 파동을 떠서 이마를 적시지요.
두 그루의 도금양나무 사이에서 말이죠.
거품의 백발은 개울의 녹색 백로이지요.
파보니우스가 바람을 풀어 부질없는 주름 장식으로 된
방랑하는 커튼을 부드럽게 몰았지요.
바람의 침대에서 자고 있었던 것처럼요.
시원한 그림자와 자잘한 꽃 침대가 아니라면요.

〈파동〉은 물, 〈거품〉은 개울의 거품이고, 〈백로이지요〉는 녹색 도금양나무를 시냇물의 거품이 하얗게 만들어 두 마리의 백로 같아 보인다는 뜻이다. 〈파보니우스〉는 바람의 신, 봄의 전령, 가장 부드러운 바람이다. 침대의 커튼을 걷어 잠자는 공주를 깨운다는 수사는 흔한데, 여기에는 단순히 이 의미만 있는 게 아니다. 일단 원어에서 〈브〉와

〈스〉 소리가 반복(바가스 코르티나스 데 볼란테스 바노스)되어 바람 소리를 듣는 것처럼 우리의 청각이 즐겁다. 그런데 이 〈방랑하는 커튼〉은 무엇을 말하는 것인가. 가제처럼 부드럽게 흔들리는 천을 먼저 떠올리게 되는데, 앞선 음성적인 아름다움에 더해 감각적인 면이 두드러진다. 그런데 커튼이 바람 자체일 수도 있다. 투명하고 형체가 없는 바람의 모습은 나무에 부딪힐 때, 또는 풀을 일으키고 눕힐 때 드러나기 때문이다. 침대는 미풍에 부드럽게 흔들리는 풀일 수도 있다. 아니면 해먹일 수도 있다. 개념과 개념의 사이가 멀면 멀수록 예리한 통찰력과 사고의 유연성이 요구된다. 이어 물소리에 놀란 갈라테아가 잠에서 깨어난다.

28

그 요정은 시냇물의 은빛 물소리를 듣자

그 즉시 배은망덕하게도 푸른

개울가를 내버려 둔 채 자신의

흰 백합화의 낯이 되고자 했지요.

도망하려 했지만 게으른 두려움이

혈관으로 너무나 차갑게 번졌어요. 재빨리 날아가고 싶었고

즉각 도망가고 싶었지만, 그 두려움은 마치 눈으로 만든
차가운 족쇄, 얼음으로 된 깃털이었어요.

〈백합화〉는 그녀의 흰 다리이다. 〈낫〉은 풀밭에 자라는 백합을 자르는 도구로 볼 수 있는데, 물에 비친 모습이 낫에 잘린다는 표현은 상당히 시적이다. 요정이 물에서 멀어지면 물에 비친 그녀의 모습(흰 백합화)이 낫에 잘려 나가듯 사라진다. 두려움이 그녀의 다리를 마비시켰다. 이어 갈라테아가 봉헌물을 발견한다.

29

갈라테아는 버들가지에 있는 과일과
골풀에 담긴 짜낸 우유, 코르크 통에 있는 꿀을 발견
했지요.
하지만 그 주인은 알지 못해요. 그렇지만,
그 낯선 사람에게 자신의 신성이 숭배되고 잠이 존중
받은 것에 감사함을 느끼지요.
이전에는 수천 번 도망가게 했지만, 이번에는
그녀에게 적지 않은 예의를 보였기에,
— 비록 다리가 얼어붙기는 했으나, —
더 사려 깊어지고 덜 혼란스러워했지요.

갈라테아는 잠자는 자신을 지켜 준 예의 바른 주인공이 누구인지 궁금해한다. 남자들이 갈라테아의 아름다움에 사랑을 느낀다면, 갈라테아는 그들이 바치는 존경과 예의, 그리고 선물에 사랑을 느끼는 듯하다. 그녀는 봉헌물이 누구의 선물인지 헤아려 본다.

30

갈라테아는 그 선물이 키클롭스도 아니고, 신랄한 호
색가도 아니고,
또는 비록 나쁜 욕망이 일었을 것은 분명해도,
잠자는 요정을 보면서 감정을 자제했을, 그 정글에 사는
다른 추한 거주자의 것도 아니라 생각했지요.
그때 두 눈을 가린 어린 신은 그때까지
갈라테아가 보여 준 경멸을 이긴 큰
트로피를 그의 어머니의 나무에
영예로운 자랑으로 걸어 두고 싶어 했지요.

〈어린 신〉은 쿠피도, 〈그의 어머니〉는 베누스, 〈나무〉는
베누스의 나무인 도금양이다. 사랑이 지금까지 구애자들
에게 보여 준 냉담함을 이긴다. 이어 사랑이 갈라테아를
상처 입히고 마음에 변화를 일으킨다.

31

개울에서 몸을 씻으며 서 있는 도금양나무
가지 사이에서 황금 작살을 쏘아 갈라테아의 하얀
가슴을 전동이 아니라면 유리로 된
화살집으로 바꾸어 놓았어요.

엄한 괴물, 용감한 맹수인 그녀는 이제 좀 더

조심스럽게 그 봉헌물을 바라보았지요.

그러고는 그 봉헌물의 헌신적인 주인을 명확하지 않

은 감시자,

더 나아가 초록 수풀이라 직감했지요.

〈전동(箭桐)〉은 오동나무 화살집인데, 사실 다음 행의
〈화살집〉과 의미에서 별 차이가 없다. 시인이 모음으로
짝을 이루어 듣기 좋은 음조를 내기 위해 단어를 달리 쓴
것으로 보인다. 〈수풀〉은 위장한 채 수풀 속에 숨어 있는
자이다. 이어 갈라테아는 잠든 척하던 아키스를 발견
한다.

32

말은 하지 못하고 있었지만, 너무나 간절했던

이름을 부르고 싶었어요. 하지만 아직 그의 이름을
알지 못하죠.

물론 그를 보지도 못했음에도 불구하고, 부드러운 붓은

이미 그녀의 상상 속에서 그를 대충 그려 보고 있었지요.

그러고 나서 그녀는 자신의 의도대로 걸어가려고 했

지요.

——이제는 발이 두려움으로 전처럼 무겁지는 않았어

요.——전투장이자

그늘진 들판의 침대로 소심하게 다가가

잠든 척하고 있는 조심스러운 청년을 발견하지요.

이어 갈라테아는 한 발로 서서 잠든 청년을 바라본다.

33

그녀는 한 물체를 보았고 그 물체가 잠이 든 거라 믿으며

그 젊은이를 보고자 한 발로 몸을 지탱하며

온몸을 기울이지요. 잠에는 도시적이지만

거짓스러운, 수사학적인 상황을 이해하지 못하기에

야만적이지요.

새의 여왕은 움직임이 없이 험준한

둥지에서 살피며, 고지가 암초로 보호하는

솔개 새끼를 잡으러 ─깃털을 가진

빛줄기로─내려가지 않고 있었지요.

아키스(〈솔개 새끼〉)는 튀어 나온 바위 아래에 누워 있었으며, 〈새의 여왕〉(독수리)인 갈라테아는 조심스럽게 내려다보며 균형을 잡고 넘어지지 않으려 하고 있다. 예의 바르고 공손한(〈도시적〉) 갈라테아는 아키스의 꿈을 깨우고 싶지 않다. 〈빛줄기〉는 빛의 속도를 뜻한다. 그러나 실제로 아키스는 잠들어 있지 않았다. 그가 요정을 유혹하기 위해 꾸며 낸 침묵은 인위적인 것(〈수사학적〉)으

로, 이를 이해하지 못하는 갈라테아에게는 야만적인 술책이다. 갈라테아는 계속 아키스를 바라본다.

34
아름다운 요정은 예의를 지키는 것으로
잠든 젊은이와 경쟁하며 멈추기만 한 게 아니라
잔잔히 흐르는 시냇물의 달콤한 소음을
잠재우고자 했지요.
나뭇가지들에도 불구하고 이미
쿠피도가 그녀의 심장에 박은 붓으로
그녀의 상상 속에 그려 낸
물든 그림을 보면서 말이지요.

갈라테아 역시 아키스가 그랬듯이 예의를 지키며 그를 바라본다. 〈경쟁하며〉는 예의와 존경으로 서로의 잠을 깨우지 않고 지켜 주려 한다는 뜻이다. 쿠피도가 갈라테아의 심장을 화살이 아니라 붓으로 관통했다. 아키스를 보기 전 갈라테아는 그의 외모를 상상해 그려 본다. 그렇게 그려진 아키스를 나뭇가지들의 방해에 굴하지 않고 바라보는 갈라테아는 그를 사랑할 준비가 되어 있다. 이어 갈라테아가 젊은이의 건장한 몸과 아름다움에 놀란다.

클로드 로랭Claude Lorrain, 「아키스와 갈라테아가 있는 해변의 풍경」(1657).

35

더 좋은 자리를 잡아 건장한 모습의
그자를 주의 깊게 바라보지요.
부드럽기보다 오히려 강인한
그의 아름다움에 감탄하지요.
그의 머리카락은 거의 산을 넘어가기
직전의 모호한 광선이고자 하지요.
그의 솜털은 꽃이에요. 빛이 잠들 듯
꽃들이 그의 색깔을 거부하고 있지요.

숨어서 보던 갈라테아는 아키스가 잠들어 있다고 생각하여 조심조심 가까이 다가가 본다. 그의 얼굴이 그동안 구애했던 자들의 부드럽고 세련된 용모와 달리 강해 보여 감탄한다. 아키스의 머리카락은 해지기 직전 석양의 색인 거무스레한 금발이다. 그의 솜털(수염)은 꽃봉오리 같고, 이 꽃봉오리는 자기 꽃잎의 색깔을 숨기고 있다. 태양이 아키스의 눈처럼 닫혀 있기 때문이다. 이어 갈라테아가 사랑의 독을 마신다.

36

독사 한 마리가 베지 않은 쾌적한 풀밭의
투박하게 헝클어진 머리털 사이에 숨어 있지요.
관능적이고 더 잘 빗질된

정원의 품에서보다 말이죠.

이렇게 사랑은 아키스의 다듬지 않은 남자다움에

가장 달콤한 독을 풀어놓지요. 갈라테아는

그것을 마시고 사랑의 독이 든

그 잔을 끝까지 마셔 비워 버리고자 한발 더 나아가

지요.

앞선 연에서 갈라테아는 잠든 척하는 아키스의 헝클어
진 머리털과 윗입술에 나기 시작한 솜털에 매료되는데,
이것이 〈헝클어진 머리털 사이에 숨어〉 있는 〈독사〉이다.
독사는 그녀에게 사랑의 독약을 먹일 것이다. 그러한 모
습의 아키스가 우아하고 말끔한 젊은이보다 매력적이다.
헝클어진 머리털은 풀밭의 자르지 않은 풀이고, 잘 빗질
된 머리털은 가꿔진 정원이다. 이어 아키스가 갈라테아
의 반응에 촉각을 세운다.

37

아키스는 — 경계하는 잠의 창을 허락하는 그것보다
더 —

요정이 얼떨떨해하는지, 멍한 채 있는지 보려 하죠.

아르고스는 그녀의 표정에 항상 집중하여

그녀가 생각하는 바를 꿰뚫고자 하는 살쾡이.

그녀가 자신의 생각을 구리로 감추려 하는지 아니면

다이아몬드로 담을 쌓으려 하는지를.
그건 눈먼 사랑이 자신의 수호물들로
담을 부수지 않고 불을 집어넣으려 하기 때문이지요.

〈창〉은 눈이고, 〈그것〉은 아르고스, 〈수호물〉은 트로이의 수호 성물인 미네르바 여신상이다. 트로이의 안전은 성물이 잘 지켜지느냐 마느냐에 달렸었다. 아카이아군의 영웅 디오메데스와 울릭세스가 여신상을 훔쳐 간 뒤에야 트로이를 함락할 수 있었다. 여기서는 복수형을 썼으니 시민들의 부적이라는 의미도 있겠으나, 공고라는 사랑의 신이 부리는 트로이 목마라는 의미로 사용한 듯하다. 이 말들(〈수호물들〉)을 도구로 사랑의 신이 모든 방어막을 통과하려고 하기 때문이다. 다른 해석도 가능하다. 아키스는 갈라테아의 행동을 관찰한 결과 갈라테아가 방어막으로 쌓은 사랑의 담을 부술 필요가 없음을 깨닫는다. 아카이아군이 트로이를 정복할 때 성벽을 부수지 않고 목마라는 위장된 선물을 들여놓게 하여 승리했듯, 사랑의 신도 갈라테아를 아키스 앞에 무방비로 남겨 놓으려 하기 때문이다. 이어 아키스의 행동에 갈라테아가 놀란다.

38
자신의 사지에서 잠을 털어 버린 그 젊은이는
늠름하게 자신의 모습을 드러내고는 이어

상아로 된 갈라테아의 발 앞에 무릎을 꿇어,
그녀의 금빛 구두에 입을 맞추려 하지요.
예견된 번개나 예보된 태풍 어느 것도
수부를 모욕하거나 당황하게
하지 못하지요. 공격당한
갈라테아가 그 증인이라오.

〈상아로 된〉은 상아처럼 희다는 뜻이고, 〈수부〉는 아키스, 〈증인〉은 아키스의 대담함을 목격한 갈라테아이다. 그녀는 아키스의 갑작스러운 행위로 공격받은 상황이다. 이는 예견된 번개나 예보된 태풍보다 강하다. 이어 두 연인이 바위에 난 구멍에 자리를 잡는다.

39
더 유쾌하고 덜 냉담해진 그녀는
그 용감한 젊은이를 일으켜 세우지요.
이제는 다정하고 명랑한 모습으로 그에게
잠으로의 평화가 아니라 휴전으로 안식을 허가하면서요.
바위에 난 오목한 부분을
시원한 자리에 친 그늘진 천막으로 삼고,
나뭇가지들을 기어오르고 돌들을 품는
덩굴손들을 초록 창살로.

〈안식〉은 아키스가 온전히 잘 수는 없었어도 얼마간 쉴 수는 있었기에 얻은 것이다. 〈부분〉은 구멍이다. 〈덩굴손〉이 창살로 사용된다. 25연부터 서막을 연 아키스와 갈라테아의 사랑은 이제 본격적으로 펼쳐진다. 두 사람은 두 마리의 비둘기가 울어 대는 모습을 바라본다.

40

봄이 누에처럼 실을 자아서 예술가처럼

짜낸 온갖 비단으로 되어 있는,

티로가 아무리 모방하려 해도 해낼 수 없는 멋진 카펫 위에,

연인들은 몸을 기대고 바라보지요.

가장 무성한 도금양나무에서 민첩하고

관능적으로 두 마리의 비둘기가 서로를 꿰뚫는 것을요.

그들의 신음은, 사랑의 호른으로

연인들의 귀를 혼란스럽게 하지요.

옛 페니키아 도시 〈티로〉는 현재는 레바논의 남쪽에 자리 잡은 티레를 가리키며, 생선에서 짜낸 붉은 염색 물감으로 유명한 곳이다. 〈예술가〉는 티로의 카펫 짜는 장인을 말하며, 이 사람은 자연에서 실을 잣는 누에에 견주어진다. 〈꿰뚫는〉은 발정기의 두 비둘기가 사랑을 나누는

모습이다. 〈비둘기〉와 〈도금양〉은 사랑의 여신인 베누스의 새이고 나무이다. 갈라테아와 아키스를 둘러싼 자연이 그들이 서로 사랑을 느끼도록 부추긴다. 나무와 바위가 뜨거운 태양의 열기를 식히는 그림자가 되어 주고, 시냇물, 바람, 나무, 풀, 목축, 바위, 꽃과 새 들이 덩굴손이 상징하는 그들의 결합에 함께한다. 자연이 두 연인과 조화를 이루며 그들을 보호해 준다. 이어 비둘기의 속삭임이 아키스를 자극한다.

41

목쉰 사랑의 속삭임이 젊은이를 자극하지요.
하지만 갈라테아는 부드럽게 회피하는 것으로
아키스의 과감함에 제한을 두지요.
그리고 새들의 연주에 바치는 박수갈채.
파도와 과일 사이에서 아키스는 엄중한 벌로 늘 배고
프지요.
그토록 영광의 상태에 있음에도
단순치 않은 지옥에 있으니 말이죠.
도망가는 유리, 새하얀 사과들.

〈파도〉는 물, 〈유리〉는 갈라테아의 사지이다. 〈새하얀 사과들〉(손잡이라는 뜻도 있다)은 갈라테아의 가슴인데, 물에 닿을 수가 없어서 갈증에 목이 탔던 탄탈루스처럼 아키스는 고통스러울 터다. 두 사람의 사랑이 두 마리 새의 연주 같다. 갈라테아는 아키스를 자극하지만 동시에 제어한다. 이러한 상황이 바로 눈앞에 먹을거리(〈과일〉)와 마실거리(〈파도〉)를 두고 배고픔과 갈증에 시달려야 하는, 〈지옥〉의 〈엄중한 벌〉이다. 사랑의 의식은 계속된다.

42
쿠피도가 비둘기들에게 루비로 된
부리를 합치게끔 허락을 하자마자,
아키스는 과감하게 카네이션의
진홍색 두 잎에 입을 맞추었지요.
그러자 파포스는 이미 사랑이 아키스와
갈라테아의 신방이 되기를 원한 그 자리 위로
수많은 검은 오랑캐꽃을,
그녀도는 흰 비단향꽃무 꽃비를 내리지요.

〈카네이션〉은 갈라테아의 입이고 〈진홍색 두 잎〉은 갈라테아의 붉은 입술이다. 둘 다 붉은 빛을 띤, 사랑과 열정의 이미지이다. 새의 부리와 인간의 입술은 서로 상응하는 부위이다. 〈파포스〉는 그리스 신화에서 조각가 피그말리온과 그의 조각상이었다가 사람으로 변한 갈라테아 사이에서 난 자식으로, 동명의 도시인 키프로스섬의 파포

알렉상드르 샤를 기유모 Alexandre Charles Guillemot,
「아키스와 갈라테아의 사랑」(1827).

스에서 태어났다. 〈그니도〉는 그리스 도시 크니도스이다. 두 도시에는 베누스에게 바쳐진 사원이 있다. 파포스는 베누스가 탄생했다고 전해지는 바다와 가깝기 때문이고, 크니도스에는 그리스 조각가 프락시텔레스가 제작한 아프로디테(베누스) 상이 있기 때문이다. 갈라테아의 〈신방〉이 차려지고 파포스와 크니도스에서 자라는 꽃들이 비처럼 내린다. 〈검은 오랑캐꽃〉과 〈흰 비단향꽃무〉라는 표현에 주목해 보라. 원래 오랑캐꽃은 짙은 자주색, 노란색, 또는 흰색으로, 검다고 하기에는 밝은 색이다. 그런데 시인은 그것을 검다고 묘사했고, 다른 색의 꽃은 전혀 언급하지 않음으로써 두 연인의 신방에 검은색과 흰색의 강한 대비를 부여한다. 이 지점에서 작품 시작부터 드러났던 상징성이 여전히 유지되고 있음을 알 수 있다. 갈라테아의 아름다움은 흰색, 폴리페무스의 추함은 죽음을 부르는 검은색이다. 색깔을 통해 반복되는 상징이 이 42연에서 특히 잘 맞아떨어진다. 비록 사랑이 갈라테아와 아키스의 생을 엮어 영원히 빛나게 하는 것처럼 보일지라도, 두 사람이 그들을 갈라 놓고 파괴하는 죽음으로부터 도망갈 수는 없다는 사실을, 공고라는 검은 꽃과 흰 꽃이 뒤섞인 신방을 통해 보여 준다. 이어 폴리페무스가 재등장한다.

43

비록 거품인 제동기를 [갖기는 했으나],

그곳[대양]에서는 빛의 마차가 자신의

바퀴를 씻지요, 연기가 [된] 호흡, 불이 [된] 말의 울

부짖음으로

에톤이 그리스인이 세운 기둥들을 밝히고 있었을 때

사납고 사랑에 빠진 거인이

거친 바위의 경부를 눌렀지요.

[이 바위는] 암초를 벗지 않은 해안의 눈먼 등대이고

소리 없는 망루이지요.

〈에톤〉은 태양 마차를 끄는 말 혹은 태양이다. 〈그리스인이 세운 기둥들〉은 헤르쿨레스가 지브롤터 해협 양쪽에 세운 기둥인데, 신화가 아니라 지형의 차원에서 보면 바다를 향해 부리 모양으로 뻗은 육지, 즉 갑(岬)을 가리킨다고 할 수 있다. 〈거인〉은 폴리페무스를 말하고 〈경부를 눌렀지요〉는 바위의 높은 곳에 앉아 있다는 뜻이다. 〈암초를 벗지 않은〉은 암초가 있다는 말이고, 〈눈먼 등대〉는 빛이 없다는 뜻이며, 〈소리 없는 망루〉는 경보음을 울리는 파수꾼이 하나도 없다는 말이다.

시인은 사랑의 조화를 아주 감각적으로 그린 직후 해가 저무는 광경을 묘사한다. 태양과 대양이 수평선에서 만나는 무렵인 해 질 녘을, 태양의 신이 바다에서 마차 바퀴

를 씻는 시간이라고 표현한다. 원래는 파도가 해안의 모래에 걸려 거품이 이는데, 이를 뒤집어 거품이 말의 제동기라고 말한다. 이 43연의 태양은 24연에서 도롱뇽과 거해궁을 통해 표현된 태양과 대조된다. 사랑의 열정에서 죽음으로 나아가는 중이다. 이때 폴리페무스가 다시 등장한다. 석양은 아키스의 죽음을 암시하는 전조이다. 말이 내뿜는 〈호흡〉과 불같은 〈울부짖음〉은 인간적 사랑과 자연의 풍요로움을 주재하던 화산을 연상케 하며, 죽음과 삶을 모두 내포하고 있다. 대낮의 빛이 사그라들 듯 인간의 열정도 아키스처럼 바다에서 사멸할 것임을 짐작케 하는 이미지를 드러낸다. 죽음으로 인한 사랑의 종말은 바다에 잠겨 드는 말로 형상화되는데, 이는 앞서 충만한 사랑의 동반자로서 조화로운 신음을 지저귀던 비둘기와 대조된다. 연기가 된 호흡과 불이 된 울부짖음은, 아키스와 갈라테아가 함께 있다는 사실을 알게 된 폴리페무스가 내뱉은 것이기도 하다. 폴리페무스의 재등장을 알리는 장치로 폭력의 이미지인 말이 등장하고, 이어 폴리페무스가 바위에 앉아 있는 모습이 나온다. 폴리페무스가 피리를 불고 갈라테아는 그 소리에 두려움을 느낀다.

44
산과 해안의 중재자로 바위 꼭대기에서
초로 연결한 알보게에 바람을

**프랑수아 페리에 François Perrier,
「아키스, 갈라테아, 폴리페무스」(17세기 중반).**

불어넣었지요. 자기 입의

경이로운 풀무를 가지고 말이죠.

요정이 그것을 듣자 자신의 새로운 줄기에

감긴 음란한 포도나무로서가 아니라,

짧은 시간의 꽃, 검소한 풀, 얼마 되지 않는 흙이

되고 싶어 하지요. 사랑에 죽고 두려움으로는 살고

싶지 않아서요.

〈알보게〉는 피리이고, 〈새로운 줄기〉는 아키스이다. 〈음란한〉은 풍만하다는 의미도 있다. 폴리페무스가 해가 질 무렵 피리로 빚어 낸 음악은 좌절된 사랑의 동반자이다. 갈라테아는 사랑과 두려움으로 인해 도피를 주저하고, 폴리페무스의 노래가 시작된다.

45

그러나 ─그녀의 유리 같은 포도 덩굴 팔─ 사랑이

그녀를 아키스에게 연결한다면 두려움은

그녀를 불행한 느릅나무에 엮지요. 질투의

날카로운 도끼가 그 나무를 토막 내버릴 거예요.

한편 천둥 같은 그의 목소리는

거친 피리가 예견했듯, 동굴들과 언덕들을

즉각 폭발시켰지요. 피에리데스들이여,

원하건대 이러한 사실을 증언해 주기를!

〈포도 덩굴 팔〉은 갈라테아가 아키스를 껴안았음을 나타내고, 〈도끼가 (……) 토막 내〉 버린다는 것은 폴리페무스의 질투가 너무 커서 느릅나무를 베는 예리한 도끼가 되리라는 뜻이다. 〈폭발〉은 그 질투가 벼락이나 천둥만큼 강력한 파괴력을 지녔음을 의미한다. 〈피에리데스〉는 헬리콘산의 여신들 혹은 트라키아 지방의 여신들을 가리키는 이름인데, 모두 음악과 관련되어 있다. 갈라테아는 아키스를 사랑하여 그에게 안기지만, 폴리페무스에게 발견되지는 않을까 하는 두려움에 아키스와 떨어져 있으려고도 한다. 이어 괴물같이 못생긴 폴리페무스가 갈라테아를 노래하기 시작한다.

46

오, 아름다운 갈라테아여, 너는 여명이 [이슬로] 갈라지게 한

카네이션보다도 더 부드럽구나. 물에 거주하며 달콤하게 죽는

그 새의 깃털보다도 더 희구나.

화려함에서는 푸른 망토를 천국의

사파이어의 별만큼의 눈으로 무겁게

금박을 입히는 새와 같구나!

오, 네 두 개에는 가장 아름다운 별들을 담고 있구나!

〈그 새〉는 백조, 〈푸른 망토〉는 깃털, 〈천국의 사파이어〉는 하늘, 〈새〉는 공작새, 〈두 개〉는 눈이다. 추함이 아름다움을 사랑하는 것은 진정한 비극이다. 아름다움은 하나의 표준이자 자연이 갈망하는 완벽성이며, 모든 피조물의 심장을 뛰게 하는 목표이다. 그런데 추한 폴리페무스는 애초에 닿을 수도 이룰 수도 없는 완벽성을 갈망하므로, 그의 고통은 곧 자신의 불완전성에 대한 본능적인 통곡으로 이어진다. 이 통곡은 62연에서 갈라테아가 바다의 여신들에게 간구하며 흘린 눈물로, 그리고 63연에서 장모가 사위를 받아들일 때 흘린 〈인정 어린 통곡〉으로 이어진다. 폴리페무스의 노래가 계속된다.

47

파도를 내버려 두어라, 테티스 딸들의
금빛 합창을 그대로 두어라. 황금의
광선이 빛을 거부할 때 네 두 개가
어떻게 그 빛을 대신하는지 바다가 보게끔 말이다.
내가 경배하는 곳, 그 하얀 모래를 밟아라.
너의 흰 발이 수없이 많은 조개를 은으로 도금하고,
네 발의 아름다운 접촉으로 조개들이 이슬을
품지 않은 채 진주들을 만들어 낼 수 있으니 말이다.

〈파도〉는 물, 〈테티스〉는 다섯 명의 바다 요정 중 하나로, 바다의 요정이자 아킬레스의 어머니이며 바다를 언급할 때 자주 등장한다. 〈딸들〉은 바다의 요정들이고, 〈거부할 때〉는 해가 저물 때이며, 〈네 두 개〉는 두 눈이다. 옛날 사람들은 진주조개가 특정 기간에 자신의 껍질을 열어 이슬을 품은 뒤 진주를 만들어 낸다고 믿었다. 〈이슬을 품지 않은 채〉는 갈라테아가 발끝으로 조개를 살짝 건드리기만 하면 진주가 만들어진다는 것을 의미한다. 이어 폴리페무스가 갈라테아에게 노래를 들어 달라고 청한다.

48

귀가 먹은 바다의 딸, 그녀의 귀는
바위가 바람에 그러하듯이 나의 신음에. 〔너무 무감
각하구나.〕
비록 네가 수백 개의 자줏빛 산호 줄기
사이에서 잠자고 있거나,
아니면 — 바다의 악기임에도 불구하고 듣기에 그리
즐겁지 않은 —
바지락조개의 조화되지 않는 음악에
합창을 엮고 있더라도, 나는 네가,
내 목소리라서가 아니라 달콤하니까, 내 목소리를 들
어 주기를 바란다.

폴리페무스는 갈라테아와 그녀의 동료들이 조화롭지

않은 소리이긴 해도 〈바다의 악기〉인 〈바지락조개〉의 반
주에 맞춰 합창하고 있다고 상상한다. 이 연에서도 거인
을 과장해서 묘사하는 유머가 엿보인다. 앞에서는 그의
외형과 행동을 과장해서 형상화했는데 여기서는 목소리
가 달콤하단다. 사랑은 이렇게 야만성을 길들인다. 부드
럽고 자애로우며 즐겁게 해주고 싶은 마음이 동하도록 한
다. 폴리페무스는 갈라테아의 아름다움을 찬미하고 그녀
의 무응답에 한탄한다. 이어 자신의 재산과 육체적인 매
력, 온화해진 성격, 그리고 아키스가 준 것과는 비교가 안
될 만큼 화려한 선물들을 나열하며 그녀의 사랑을 갈구
한다.

49
나는 목동이지만 가축이 아주 많아서
계곡들을 빈 상태로 내버려 두지 않고,
언덕을 가축 떼로 덮으면서 솟아오른 언덕들을
사라지게 하고 강의 수량을 마르게 한다.
도시에서 풀려난 우유가 흐르는 수량이든가
　내 눈에서 파생되어 눈물로 흐르는 수량은 그렇지
않다.
그러니까 나의 선은 그 숫자에 있어서
　나의 악들과 동일하다.

〈계곡들을 빈 상태로 내버려 두지 않〉는다는 것은 수많은 가축으로 채운다는 뜻이다. 목동은 보통 가난한데, 〈목동이지만〉이라는 구절로 자신은 전혀 그렇지 않다고 천명한다. 폴리페무스의 눈에서 흐르는 눈물은(폴리페무스는 눈이 하나이지만 여기서는 복수형으로 되어 있다. 미적 효과를 염두에 둔 것으로 보인다. 〈내 하나의 눈에서〉보다는 〈내 눈에서〉가 더 품위 있어 보인다) 강물과 같은데, 결코 마르지 않는다는 점이 다르다. 워낙 많은 가축이 물을 마시니 강물은 말라도, 가축의 젖에서 나오는 우유는 결코 마를 일이 없다는 말로 자신이 큰 부자임을 드러낸다. 〈눈〉이 짐승의 유방, 〈눈물〉이 우유에 상응한다. 〈선〉은 앞선 〈악〉에 대비되기도 하지만, 복수로 쓰여 있어 〈재산〉이라는 의미도 된다. 인간의 끝없는 슬픔(〈눈물〉)과 자연의 창조물(〈강의 수량〉) 간의 부조화가 대비된다. 이어 폴리페무스는 풍족한 꿀을 자랑한다.

50

단것을 좋아하는 염소조차도 알지 못하는 가슴은
감로를 내리고 향기를 증류하여 내게 벌통을 지켜 준다.
초조한 벌이 꽃들로부터 빨아내어
기발하게 생산하는 것보다 더 많이.
큰 나무들은 나에게 벌통용 줄기를 제공하고,
줄기의 벌떼들은 4월이 그들을 제공하든 아니면

5월이 그들을 풀어놓든, 호박을 스며 나오게 하고
황금의 물레로 태양의 광선을 자아낸다.

〈가슴〉은 벌집, 〈향기〉는 꽃들, 〈호박〉은 호박색의 꿀이다. 〈물레〉는 실을 잣는 도구인데, 여기서는 꿀을 만드는 도구이다. 〈태양의 광선〉은 황금빛 꿀이다. 꿀과 실, 꿀과 태양의 광선, 벌통과 황금 물레가 상응하며 아름다움을 자아낸다. 꿀의 조직이 태양 광선에 빛나는 감각적인 이미지에서 시인의 기발함이 돋보인다. 물레에서 나오는 실에 벌집에서 나오는 꿀을 비유했는데 이는 순수 이성의 작용이 아니라 상상력으로 결집된 이성의 결과물이다. 시인의 창조력은 상상력과 결합할 때 힘을 발휘하니 논리적으로만 해명할 수는 없다. 공고라가 지향하는 것은 과학적 진실이 아니라 어디까지나 아름다움이다. 철학자나 과학자의 통찰력이 아니라 예술가의 예리함이다. 이어 폴리페무스가 자신의 가문을 자랑하며 튼튼한 남편감을 멸시하지 말아 달라고 말한다.

51
나는 비록 목동이지만 파도의, 유피테르의 아들이다.
갈라테아여, 만일 너의 경멸이 그 심오한 동굴들의 주인이
너를 며느리로 안아 주고, 유리 왕좌에

앉혀 주기를 바라는 것 때문이 아니라면,
숨지 마라. 폴리페무스가 너를 부른다.
페보가 결코 나보다 더 강한 자를,
게으른 볼가강에서부터 작열하는 인도에 걸쳐서도
보지 못했듯, 해안이 찬양하는 엄청난 가치와 용기를
가진 남편이다.

〈페보〉는 태양의 신으로 태양을 의미한다. 러시아 서부
를 남쪽으로 흐르는 유럽에서 가장 긴 볼가강을 인도와
나란히 놓았는데, 태양이 돌아다니는 긴 거리를 말하려
했다기보다는 극단적으로 추운 지역과 더운 지역을 대비
한 것으로 보인다. 〈게으른 볼가강〉을 〈작열하는 인도〉와
대비해 전자가 상당 기간(11~12월에서 3~4월까지) 얼
어 있음을 나타내기 때문이다. 이어 폴리페무스가 자신
의 신장을 자랑한다.

52
비록 앉아 있으나 나의 튼튼한 손은
키 큰 야자나무의 달콤한 열매를 용서하지 않는다.
서 있으면, 내 몸은 여름이면 숱한
염소들에게 그늘을 만들어 줄 수 있다.
어떤 것들이 이럴 수 있겠는가? 산이
구름으로 왕관을 두르고 나에게

필적하고자 해도 소용이 없고, 나는

이 바위에서 손가락으로 하늘에 나의 불운을 쓸 수도

있다.

〈용서하지 않는다〉는 과일이 손에 닿는다는 뜻이다. 이어 자신의 눈에 대해 말한다.

53

푸른 해변이 내 모습의 빛나는 사파이어로 된

거울이 되었던 날, 물총새가 바다를 향해

튀어나온 바위 위의 자기 알에

왕관을 씌우고 있었다.

나는 나를 바라보았다. 그리고 내 이마에서 빛나는

태양을 보았다.

그때 하늘에서 눈 하나가 보였다. 물은

누구에게 자신의 믿음을 표명할지 망설였다.

인간의 하늘에게 아니면 하늘의 키클롭스에게.

〈사파이어 (……) 거울이 되었던 날〉은 화창한 날 바다를 거울로 삼았던 때, 〈알〉은 둥지를 말하고, 〈왕관을 씌우고〉는 알을 품고 있다는 뜻이다. 〈물총새〉는 바위에 알을 낳지 않는다. 날씨가 좋은 날에만 바다에 띄운 둥지에 알을 낳고 품어 부화시킨다. 오비디우스의 『변신 이야기』에도 〈바다 위에 떠 있는 둥지〉라고 되어 있다. 바람의 신인 아이올로스의 딸 알키오네가 바다에서 죽은 남편 케익스를 따라 바다에 몸을 던지자, 유피테르와 유노가 이들을 불쌍히 여겨 물총새로 변신시켜 주었다. 바다 위에 둥지가 있다 보니 알들이 위험에 처하게 되자, 그녀의 아버지가 둥지 전후 14일간 바다를 고요하게 했다고 한다. 여기서 〈알키오네의 나날halcyon days〉이라는 표현이 나왔다. 〈평온하고 행복한 시대〉의 비유이다. 〈눈〉은 태양, 〈물〉은 바다이다. 마지막 행에서는 자신이 이마에 태양을 갖고 있으니 하늘이고, 폴리페무스는 인간이기도 하니 인간의 하늘 편에 서야 할지, 하늘의 키클롭스 편에 서야 할지를 모르겠단다. 자신의 눈은 태양이고 하늘의 태양은 눈이라고 한다. 앞에서는 자신의 눈이 태양과 견줄 정도로 빛나고 태양은 바위에 선 등대의 불이라고 했다. 이어 폴리페무스는 갈라테아에 대한 사랑으로 자신이 동정심 많은 자로 변했다고 한다.

54

다른 문들에서는 사슴이 자기의 나이를 기록한다.

짐승의 송곳니를 가진 머리를〔걸어 장식한다〕.

그의 숫구친 언덕은 헬베티아의 창(槍)으로 된 날카로운 담이다.

이전에는 동정심이 없어서 내 동굴에 길 잃은 여행자

의 박제품을 걸어 두곤 했다.

　하지만 오늘에는, 너에 대한 사랑으로 인해,

　〔내 동굴은〕 순례자의 숙소로,

　길을 잃었다면

　그곳에서 환영받게 된다.

　〈문〉은 집이고, 〈나이를 기록한다〉에는 사냥꾼은 뿔로 사슴의 나이를 알고, 사냥의 전리품으로 한 쌍의 뿔을 매달아 놓는다는 뜻이 담겨 있다. 〈짐승〉은 멧돼지, 〈그의 솟구친 언덕〉은 멧돼지 등에 난 털, 〈헬베티아〉는 기원전 15년에 지금의 스위스 지역에 로마인들이 세운 주로, 스위스의 라틴명이다. 스위스는 창병으로 유명한 나라이다. 군인들이 긴 창을 가지고 다니다가 땅에 일렬로 박아 세워 둔 모습을 멧돼지의 등에 솟구친 털에 비유한 것이다. 나아가 창들은 〈날카로운 담〉이다. 멧돼지는 궁지에 몰리면 털을 세워 덩치가 크고 위협적인 모습을 연출한다. 폴리페무스는 갈라테아에게 이렇게 간구한다. 아름다운 갈라테아여, 바다에서 나와 내 말을 들어 봐. 난 부자이고 꿀도 많아. 나랑 결혼해 줘. 난 강하고 아름답고 착해. 이어 폴리페무스가 한 조난자에 대한 이야기를 들려준다.

　55

　부유한 한 선박이 판자들로 조각나

귀도 레니 Guido Reni, 「폴리페무스」(17세기 중반).

불행하게도 해안에 입을 맞췄다.

재물을 가득 싣고 오다

동풍이 나일강 입구에 토해 놓았던 게다.

그날 내 악기는 사나운 바다의 격노한

이마에 아주 부드러운 멍에를 씌우고

있었더랬다.(달콤하기 그지없는 고삐를

바람에 씌운 게 아니라면.)

〈입을 맞췄다〉는 도착했다는 뜻이고, 〈격노한 이마〉는 폭풍우에 일렁이는 파도로 우글쭈글하게 주름진 바다를 화난 사람의 주름진 이마에 빗댄 표현이다. 〈……아니라면〉은 〈악기 연주를 통해 바람에 부드러운 멍에를 씌운 게 아니라면〉이라는 뜻이다. 이야기는 계속된다.

56

〔악기를 연주하고 있었을 때〕 난 물의 공들 사이로 리구리아의

너도밤나무가 모래에 넘겨지는 것을 보았다.

사베오의 향료들이 상자째로,

또 캄바야의 재물들이 궤짝으로.

그 세계의 모든 기쁨들은

이미 스킬라의 전리품. 이 산이 낳은

하르피아에게 이틀 동안

전시된 가여운 노획물이었다.

〈리구리아〉는 현대 이탈리아가 탄생하기 전에 그 일대를 가리켜 부르던 이름이다. 〈물의 공들〉은 파도를 말하며, 〈너도밤나무가 모래에 넘겨지는 것을 보았다〉는 파도가 바닷가 모래사장에 리구리아에서 온 난파선의 목재 잔해를 실어다 놓는 것을 보았다는 뜻이다. 〈사베오〉는 아라비아 남부의 옛 왕국이고, 〈캄바야〉는 인도에 있는 도시의 이름이다. 『오디세이아』에 나오는 〈스킬라〉는 시킬리아의 메시나 해협의 바위로 변한, 머리가 여섯 개 달린 괴물로 카리브디스와 함께 난파를 유도하는 여신이다. 〈하르피이아〉는 여성의 얼굴에 맹금류의 몸을 가진 가공스러운 짐승으로, 늙은 맹인 피네우스가 신들의 비밀을 폭로하자 유피테르가 하르피이아를 시켜 피네우스가 먹으려고 손에 드는 음식마다 채가도록 했다. 이러한 이유로 도둑이라는 의미로 통한다. 이어 폴리페무스는 제노바 상인에게 친절을 베푼 일을 자랑한다.

57
나의 동굴은 제노바인에게는 그 사람의
제2의 판자였다. 사람은 수선이 됐지만,
재산은 말라 버렸다. 이 자는
난파 관련 소름 끼치는 이야기를 들려주었다.

걸어 놓거나 풀에 싸여 익어 가던 가장 좋은
과일에 대한 찬란한 지불은 강게스강이
담을 조각내고, 전사들을 부수는 것을
본 짐승의 송곳니였다.

　제노바의 조난자가 〈판자〉 덕분에 해안에 닿게 되었고,
자기 동굴에 그를 받아 구원해 주니 〈나의 동굴〉은 제2의
판자가 되는 셈이다. 〈수선이 됐지만〉은 기력을 회복했다
는 뜻이고, 〈재산은 말라 버렸다〉는 몸집이 줄어들었다는
뜻이다. 〈짐승〉은 코끼리이고, 〈지불〉은 과일 대접에 감
사하며 답례로 코끼리 상아를 주었다는 의미이다. 55연
에서 57연 내용의 배경은 이렇다. 희망봉이 발견되어 새
항로가 열리기 전에 동양으로 보내는 모든 물자는 나일강
입구에서 실었는데, 지중해의 도시국가 제노바와 베네치
아가 이를 주도한 것이다. 이어 폴리페무스는 조난자의
선물에 대해 이야기하면서 이 선물을 갈라테아에게 양도
할 생각을 한다.

58
그러니까, 조난자가, 활과 번쩍이는 화살통,
두 가지 다 정성스레 세공한 예술 작품으로
조난자의 말에 따르면, 자바의 신성인
말라코 왕의 고귀한 선물이다.

［갈라테아여,］그 활을 손으로 ［옮겨］,

화살통을 어깨에 운반하라고. 어머니로 확신하고,

아들을 모방해. ［이렇게 너는］ 이 지평선에서

바다의 베누스이자 동시에 산의 쿠피도가 될 것이야.

⟨자바⟩는 인도네시아의 섬이고, ⟨운반하라⟩는 것은 올
려놓으라는 뜻이며, 베누스(⟨어머니⟩)처럼 자신의 아름
다움을 확신하라는 뜻이다. ⟨아들⟩은 베누스의 아들 쿠피
도이다. ⟨이 지평선⟩은 ⟨이 지역⟩이란 뜻이다. 이처럼 폴
리페무스는 갈라테아를 애타게, 진심으로 사랑한다. 짐
승의 본능적인 충동 때문이 아니라, 갈라테아의 아름다
움을 진정으로 찬미하여 조난자에게 받은, 상아로 된 선
물들을 바치고자 한다. 폴리페무스는 사랑의 힘으로 세
련되고 근면하며 교양 있는 목동이 되었다. 이런 말들을
갈라테아가 귀 기울여 듣는다면, 결국 자신과 결혼해 줄
것이라고 믿는다. 하지만 갈라테아는 냉담하다. 그가 아
무리 노력해도 아키스처럼 갈라테아의 사랑을 얻을 수 없
는 이유는, 너무나 추하게 생겼기 때문이다. 이 지점에서
환멸이 일어난다. 폴리페무스는 자신의 포도밭을 망가트
리는 염소들을 내쫓고자 노래를 멈추고 돌을 던진다.

59

그의 소름 끼치는 목소리는, 자신의

내적인 고통으로 인한 게 아니라, 여기서 중단되었다.

숱한 염소들이 감히 발로는 〔폴리페무스의 그루터기를〕 밟아 뭉개고,

뿔로는 〔바쿠스에게〕 불경을 저지르고 있었기에.

이 거친 거인은 가장 연한 포도나무 덩굴이

짓밟히는 것을 보자 소리를 마구 질러 댔고

투석기는 수많은 돌을 던져 댔지.

덩굴 담을 돌들이 무너뜨리게 되었지.

〈바쿠스〉는 포도송이를 가리키고, 염소들이 포도송이를 땅에 떨어트리는 〈불경〉을 저질렀기에 〈거인〉 폴리페무스 혹은 〈투석기〉는 노래를 멈추고 염소들을 향해 돌을 던진다. 이 돌이 의도치 않게 갈라테아와 아키스를 보호하던 담을 넘어가 두 사람을 놀라게 한다. 〈덩굴 담〉은 덩굴이 감아 올라간 담이기도 하고, 두 연인의 상황이기도 하다. 이어 갈라테아와 아키스가 바다로 도망간다.

60

이 일로 달콤한 두 연인은

훨씬 더 부드러운 매듭에서 풀려나.

날개 달린 발로 딱딱한 돌멩이와

큰 가시 사이로 바다를 간청하지.

방심한 밭 지기가 달갑지 않은 새들로부터

자신의 씨 뿌린 땅을 구해 내듯이,

그렇게 서로 다른 성(性)을 이어 주었고 고랑이 보호하는

토끼들을 모방한 친구 쌍을 갈라 놓았지.

〈풀려나〉는 달콤한 두 연인이 소름 돋는 목소리와 날아
온 돌에 놀라 서로 떨어졌음을 뜻하고, 〈날개 달린 발로〉
는 그만큼 황급하다는 말이다. 폴리페무스가 염소를 몰
아내려고 던진 돌이 자신들을 겨냥한 것이라고 오해한 두
연인은, 돌멩이와 가시 위를 내달리며 〈바다를 간청〉한
다. 오비디우스의 『변신 이야기』에서는 폴리페무스가 아
키스를 죽일 목적으로 돌을 던졌다고 한다. 이어 폴리페
무스는 질투와 분노에 차 비명을 지른다.

61

거친 거인은 말 없는 발걸음으로 바다로 내달리는

도망치는 눈(雪)을 보았지. (그의 시력은

매우 예리해서 리비아의 벌거벗은

작은 검(劍)의 들판도 구별할 수 있으니)

그런데 아키스를 발견하자, 질투의 천둥은

흔들 수 있는 한 모든 오래된

너도밤나무들을 흔들어 댔지. 불투명한 구름이

갈기갈기 찢기기 전에 작렬하는 호른이 번개를 준비
하는 그런 거였어.

〈말 없는 발걸음〉은 몰래라는 뜻이고, 〈눈〔雪〕〉은 갈라
테아, 〈검(劍)〉은 문장(紋章), 〈천둥〉은 외침, 〈호른〉은 천
둥이다. 번개 다음에 천둥이 치는데, 시인은 순서를 바꿨
다. 너무나 사랑하는 여인이 다른 자를 사랑하며 결코 자
신과 이어질 수 없다는 현실을 이해하게 되어 환멸에 빠
진 폴리페무스는, 자연의 질서를 무너뜨리고 결국 예전
의 짐승으로 돌아간다. 사랑으로 완전히 다른 존재가 될
수도 있었는데, 질투 앞에 무너져 내려 조금씩 얻어 가던
인간적·도덕적 차원의 존엄성을 잃어버리고 만다. 오비
디우스는 『변신 이야기』에서 죽은 아키스가 강으로 변하
고 그가 죽은 바위에서 새로운 젊은이가 탄생하는, 긍정
적이고 위안이 되는 이야기로 마무리했다. 하지만 공고
라는 그러지 않는다.

62

끝 모를 난폭함으로 가장 높은 바위의 가장 끝부분을
산산조각을 내서 그것을 아키스에게 던졌지. 이 젊은
이에게
납골함이라기에는 너무 크고,
피라미드라기에는 작지 않은 게야.
요정은 눈물을 흘리며 아키스가 숭배하던
바다의 신들에게 기도했지.
그 신들은 모두 모여

폼페오 바토니 Pompeo Batoni, 「아키스와 갈라테아」(1661).

바위가 짜낸 피를 맑은 유리로 변하게 했지.

〈유리〉는 유리같이 맑은 물이다. 이어 마지막 연이다.
아키스에게서 나온 물이 바다에 이른다.

63

숙명적인 암초에 가엾게 아키스의

팔다리가 억눌러지자마자, 그의 정맥에서

나온 액체로 된 진주가

가장 굵은 나무들의 발에 신발을 신겼지.

결국 그의 하얀 뼈들도 흐르는 은으로 변해,

꽃들을 핥고 모래를 은빛으로 도금했지.

도리스에게 닿자 그녀는 인정 어린

통곡으로 받아들여 사위로 맞이하고, 그를 강이라 불

렀지.

〈신겼지〉는 물을 뿌렸다는 뜻이다. 〈도리스〉는 바다의
신 오케아누스와 바다의 여신 테티스 사이에서 태어난
3천 명의 딸 중의 하나인 요정이자 갈라테아의 어머니로,
바다의 관대함을 의미한다. 아키스의 피가 물로 변해 강
처럼 흘러 바다에 닿자 도리스가 그를 사위로 여기고 영
접한다. 하지만 〈인정 어린 통곡〉을 하는 것을 보면 도리
스는 사위의 죽음을 인정하기를 거부함으로써, 삶의 열

정이 오직 죽음으로 귀결되는 비극에 방점을 두는 것으로 보인다. 이렇듯 사랑과 죽음이라는 주제가 작품의 마지막까지 이어진다.

스페인 시인 호르헤 만리케 Jorge Manrique(1440~1479)의 작품에서도 이와 유사한 시적 이미지를 발견할 수 있다. 그는 「아버지 죽음에 바친 시 Coplas por la muerte de su padre」에서, 우리의 삶은 죽음이라는 바다에 이르는 강이라고 말한다. 케베도는 걷기를 배우기도 전부터 우리는 죽음의 길로 들어서 어두운 삶을 보낸다면서, 가엾고 탁한 강물을 도도한 파도를 품은 검은 바다가 마신다고 했다. 만리케와 케베도가 삶과 죽음을 직접 맞대어 이야기했다면, 공고라는 사랑과 질투의 소용돌이 속에 죽음을 넣었다.

바다(죽음)가 강(삶)을 영접하는 이 작품에서 바다의 역할은 참으로 중요하다. 먼저 시킬리아는 바다로 둘러싸여 있다. 또한 바다의 신 글라우쿠스와 팔라이몬이 갈라테아에게 구애하며, 갈라테아는 바다의 요정이고, 아키스는 바다 요정의 아들이다. 폴리페무스 역시 바다의 신 넵투누스의 아들이다. 시 전체를 주관하는 사랑의 여신 베누스는 바다에서 태어났다. 아키스가 강으로 변신한 것은, 인간이 바다에서 태어나 바다로 돌아가는 존재임을 상징하는 듯하다. 삶과 죽음이 단단히 깍지를 끼고 있어 도저히 떼어 놓을 수 없어 보인다. 삶이 죽음의 구애를 받는 것 같다. 한편 삶과 죽음이 불가분의 관계이듯 사랑과 질투, 애정과 폭력, 아름다움과 추함 또한 서로 떼어 놓을 수 없다.

공고라만큼 삶의 열정을 자연의 풍요와 아름다움으로 세련되게 형상화하여 노래한 시인은 없을 듯하다. 그처럼 인간적 사랑과 물질의 조화를 감각적으로, 넘치도록 그려낸 시인도 드물 것이다. 그는 아름다움을 찬양하지만 추함을 잊지 않고, 삶을 찬양하면서 죽음도 잊지 않는다. 그 균형 감각이 아름답다.

「폴리페무스와 갈라테아 이야기」에서 공고라의 문체는 참으로 많이 가공되어 있지만 과하지는 않다. 쓸데없이 지나친 장식으로 형식과 내용을 흩어지게 하지 않는다. 이러한 요소들이 유기적으로 연결되어 풍부한 이미지를 창조해 내면서 작품의 주제에서 상징적인 역할을 한다. 복잡한 이미지들이 질서 정연하게 조화를 이루고 각자의 자리에서 벗어나는 일 없이 줄거리를 형성한다. 씨실과 날실이 엉키거나 길을 잃고 헤매는 법이 없이 완벽하게 직조되어 멋진 천으로 완성된다. 공고라는 조화롭지 않은 대상들에서 상응하는 요소를 찾아내고, 모순적인 대조에서 일치된 주제를 끌어낸다. 시의 포문을 연 대립이 시의 대미를 장식하며 시작과 끝을 잇는다. 용광로와 무덤이 사위와 강으로, 화산이 바다로 이어지고 사랑과 죽음이 합쳐진다. 이는 시인의 창조적·지적 상상력이

맺은 결실로, 이미지를 질서 있고 기능적으로 다루어 감정 충돌을 조절하고, 대립하는 개념들에 조화를 부여했기에 가능하다. 요컨대 시인의 상상력은 서로 다른 것을 합치는 힘이다. 그는 예리함과 기발함을 발휘해 동떨어진 생물과 무생물, 인간과 짐승, 인간적인 것과 물질적인 것 사이에서 상응하는 바를 찾아낸다. 느낌과 생각을 조합해 감각적이면서도 지적인 시를 빚어낸다. 공고라는 특히 이미지를 탁월하게 사용한다. 그중 은유와 대조의 구사가 독보적이다. 거인의 몸은 산이고 그가 사는 동굴은 땅의 하품이며 동굴 앞에 있는 나무는 수비대다. 머리카락은 강이고 수염은 급류이다. 갈라테아는 유리 바위이고 유리 물이며 공작새, 백조, 백합, 재스민이다. 은유를 통해 인간적 형상과 자연이, 동물의 삶이 식물의 삶과 포개어진다. 공고라는 자연과 조화를 이룰 때 인간적인 삶이 가능하며, 창조의 힘을 얻을 수 있다고 말하는 듯하다. 대조를 통해서도 같은 메시지를 전한다. 추한 폴리페무스, 아름다운 갈라테아와 아키스, 이 세 인물의 대조로 시작해, 추한 자가 사랑에 빠진다는 설정을 펼치고, 그러한 사랑의 열정은 결국 죽음을 잉태한다는 대조로 결말을 맺는다. 결국 이러한 대조가 대립하지 않고 조화를 이루어 하나 되는 것이 삶이라는 것이다.

피라무스와 티스베 신화

피라무스와 티스베 이야기는 서기 14년에 로마에서 사망한 가이우스 율리우스 히기누스Gaius Julius Hyginus의 『이야기Fabulae』에서 처음 다뤄졌다. 피라무스가 티스베를 사랑했기에 바빌론에서 자살했다는 내용과 피라무스가 자살했기에 티스베도 자살했다는 내용이 전부이다. 오비디우스는 여기에 상상력을 더해 『변신 이야기』의 네 번째 이야기를 완성한다. 스페인에서 최초로 이 이야기를 다룬 작가는 목가 소설 『디아나La Diana』로 이름난 호르헤 데 몬테마요르Jorge de Montemayor(1520~1561)이다. 그가 쓴 「피라무스와 티스베의 아주 불행하고도 한결같은 사랑 이야기La Historia de los muy constantes y infelices amores de Píramo y Tisbe」는 이 신화가 대중화되고 발전하는 데에 막대한 영향을 미쳤다. 몬테마요르는 시의 도입부에서, 단지 교훈

피에르클로드 고트로Pierre-Claude Gautherot,
「피라무스와 티스베」(1799).

을 주기 위해 연인들의 사랑을 소재로 취했다고 밝혔다. 그때까지는 시가 아직 스페인 문학 전통의 맥락에 머물렀음을 알 수 있다. 그런데 17세기 들어서 시대의 분위기만큼이나 이야기의 내용이 바뀌게 된다. 인물이 고매하면 할수록, 열정적이면 열정적일수록, 덕스러우면 덕스러울수록 변형되고 우스갯감으로 그려진다. 한마디로 패러디이다. 패러디 문학이 붐으로 조성될 만큼 힘을 얻은 때가 스페인 바로크 시기이고, 대표 주자가 공고라이다. 세르반테스가 『돈키호테』로 기존의 기사도 이야기를 패러디한 시기이기도 하다. 앞서 소개한 공고라의 「헤로와 레안드로스 이야기Fábula de Hero y Leandro」(1589)가 그 첫 번째 사례이다. 공고라의 패러디는 1618년의 「피라무스와 티스베 이야기」로 정점을 찍는다. 공고라 작품의 저본인 오비디우스의 『변신 이야기』를 먼저 살펴본다.

바쿠스 축제를 거부하는 미니아스의 딸들

바쿠스 신을 모시는 광란의 축제를 받아들여야 한다는 데 미니아스의 딸인 알키토에는 동의하지 않았다. 무모하게도 바쿠스가 유피테르의 아들이라는 사실을 부정했고 이런 불경한 짓에 자매들도 동참했다.

사제는 축일을 반드시 지켜야 하고, 모든 하녀와 여주인들은 그날은 일을 하지 말아야 하고, 동물 가죽으로 가슴을 가리고, 머리띠를 두르는 대신에 화관을 써

로헬리오 데 에구스키사Rogelio de Egusquiza,
「트리스탄과 이졸데(죽음)」, (1910).

야 하고 손에는 잎사귀 무성한 바쿠스 축제의 지팡이를 들어야 한다고 지시했다. 만약 신을 무시하는 자가 있다면 신들의 엄청난 분노에 맞닥뜨릴 것이라고 경고했다.

기혼 부인과 처녀들은 이 명령에 따라서 베틀, 바구니, 아직 다 짜지 못한 직물을 제쳐 두고 제단에 분향하면서, 바쿠스 신을 소란스러운 자, 해방을 가져오는 자, 불에서 태어난 자, 어머니를 둘 둔 자, 세멜레의 아들, 맛 좋은 포도의 재배자, 한밤중에 광란하는 자, 외치는 소리의 아버지 등 여러 이름으로 부르며 찬양했다. 오 신이시여, 당신은 그라이키아의 여러 부족들 사이에서 실로 많은 이름을 갖고 계십니다. 당신은 영원한 소년, 천상에서 가장 아름다운 자이십니다. 머리에 양 뿔이 없는 상태로 거기 서 계시면 당신의 머리는 바로 처녀의 머리입니다. 당신은 검은 땅 인디아가 저 먼 강게스 강에 의해 적셔지는 멀고먼 동방까지 정복하셨습니다. 펜테우스와 도끼 휘두르는 리쿠르구스는 불경한 짓을 하다가, 우리가 존경하는 당신에게 살해당했습니다. 당신은 티레니아 선원들의 시체를 바다에 던지셨습니다. 당신은 이중 멍에를 진 스라소니의 목을 눌렀고 영광스러운 장식으로 치장된 이들은 당신의 수레를 끌었습니다. 당신을 숭배하는 여신도들과 사티루스는 당신의 뒤를 따라갔고 실레누스 또한 그러했습니다. 실레누

프레더릭 레이턴Frederic Leighton,
「로미오와 줄리엣의 죽음 앞에서 화해한 몬터규가와 캐풀렛가」(1855).

스 노인은 술에 취해 지팡이에 의지한 채 비틀거렸고, 흔들리는 당나귀 등에 불안정하게 매달려 있었습니다. 당신이 어디에서 오든, 젊은이들의 외침과 여자들의 목소리가 들려옵니다. 손바닥으로 드럼을 두드리는 소리, 청동 징들이 서로 부딪치는 소리, 호흡이 긴 나무 피리의 소리도 들려옵니다.

「우리에게 자비와 용서를 베푸소서.」

테바이 여자들은 사제가 요구한 의식을 거행하면서 말했다. 하지만 미니아스의 딸들은 방 안에 틀어박혀 엉뚱하게도 미네르바에게 헌신하면서 축일을 망쳤다. 양모를 자아내거나, 엄지손가락으로 실을 꼬거나, 베틀 앞에 눌러 앉아 열심히 일하면서 하녀들에게도 바쁘게 일을 시켰다. 자매들 중 하나가 민첩하게 엄지를 놀려서 실을 자아내면서 말했다.

「다른 여자들이 게으르게도 가짜 신의 의식을 거행하는 동안, 더 좋은 여신인 미네르바에 의해 여기 머물게 된 우리는 재미있는 이야기를 함으로써 우리 수고가 덜 힘들게 하자. 서로 돌아가면서 이야기를 하나씩 하여 지루하지 않게 시간을 보내도록 해보자.」

자매들은 동의했고, 그녀에게 제일 먼저 이야기를 해보라고 요청했다. 그녀는 많은 이야기를 알고 있었으므로 무엇을 먼저 이야기할지 곰곰 생각했다. 바빌론의 데르케티스 얘기를 할까? 팔라이스티나 사람들은 데르

케티스가 변신하여 온몸에 비늘이 덮인 채 연못 속을 휘젓고 다닌다고 믿는다는 얘기? 아니면 그녀의 딸[10]이 하얀 날개가 달린 비둘기로 변신하여 평생을 하얀 칠을 한 높은 탑에서 지낸 얘기? 어떤 물의 님프가 마법의 주문과 효력이 강력한 약초를 사용하여 한 무리의 젊은이들을 말 없는 물고기로 변신시켰다가 님프 또한 물고기가 되어 버린 얘기? 하얀 열매를 맺던 나무가 온몸에 피가 묻어 검은 열매를 맺는 얘기? 그녀는 잘 알려지지 않은 이야기를 해주기로 결정했다. 여자들은 베틀 앞에 앉아서 열심히 양모를 자아내고 있었다.

피라무스와 티스베

「피라무스는 동방의 아주 잘생긴 청년이었고 티스베 또한 발군의 미녀였어요. 그들은 바빌론이라는 도시에서 나란히 붙어 있는 이웃집에서 살았어요. 바빌론은 세미라미스 여왕이 구운 벽돌로 빙 둘러 성을 쌓아 만든 도시이지요. 두 남녀는 이웃집에서 살기 때문에 자연스레 알게 되었고 시간이 흐르면서 사랑이 싹텄어요. 하지만 양가 아버지들이 사랑을 금지했기 때문에 적법한 결혼으로 맺어질 수가 없었어요. 그렇지만 마음속에 불타오르는 사랑마저도 금지할 수는 없었지요.

그들은 비밀을 함께 나눌 사람도 없었어요. 남녀는 손짓과 발짓으로 언어를 대신했지요. 감추려 할수록 사랑은 더욱 뜨겁게 불타올랐어요. 그런데 두 집 사이의 담장에는 오래전 집 지을 때 생긴 금을 따라 약간 균열이 나 있었어요. 이 터진 틈을 여러 해 동안 아무도 발견하지 못했어요. 하지만 두 연인은 이 틈이 있는 곳을 알아냈어요. 사랑이 알아내지 못할 게 어디 있나요? 두 연인은 이 틈새를 통해 대화를 주고받았어요. 아주 낮은 목소리로 사랑의 언어를 주고받았지요.

그럴 때면 티스베가 벽의 이쪽에 서 있고 피라무스는 저쪽에 서 있는 거예요. 남녀는 상대방의 한숨 소리를 차례로 들었어요. 둘은 이렇게 말하곤 했지요.

〈질투심 많은 벽아, 왜 너는 연인들을 가로막는 거냐? 우리가 온몸으로 서로 포옹한다 해서 해로울 일이 무엇이냐? 그게 너무 지나친 요구라면 조금만 더 틈을 벌려 우리가 키스를 주고받도록 해주려무나. 그래도 우리는 너를 원망하지 않는다. 너를 통로 삼아 저 사랑스러운 귀에 밀어를 속삭일 수 있으니까.〉

그들은 각자 서 있는 데서 이런 헛된 말을 중얼거린 뒤에 밤이 오면 〈안녕〉 하면서 각자의 벽에 대고 키스를 했으나 물론 저편까지 전달되진 못했어요. 다음날 새벽이 밤중에 나온 별들을 흩어 버리고 태양 광선이 서리 내린 풀들을 말려 버리면 둘은 같은 장소에서 다시 만났어요. 낮은 목소리로 불평을 잔뜩 늘어놓은 뒤 이렇게 하기로 했어요.

아주 조용한 한밤중에 문지기들의 눈을 속여 집의 대문을 나선다. 일단 집을 빠져나오면 도시와 복잡한 건물들을 벗어난다. 광활한 시골에서 길을 잃을지 모르니 니누스의 무덤에서 만나 나무 그늘에 숨는다. 그곳에는 하얀 열매가 풍성하게 열리는 키 큰 뽕나무가 있는데, 바로 곁에는 시원한 샘물이 있다.

두 사람은 이 계획에 찬성했어요. 아주 천천히 이울던 햇빛이 마침내 바닷물 속으로 들어갔고 이어 바닷물에서는 밤이 올라왔어요. 티스베는 어둠 속에서 능숙하게 문고리를 돌려서 집 밖으로 나섰어요. 얼굴을 베일로 가린 채 약속한 무덤에 도착했고 나무 그늘 아래 앉았다고 해요. 사랑에 빠져 대담해진 거지요.

그런데 갑자기 암사자가 나타났어요. 아가리에는 방금 잡아먹은 소의 피가 덕지덕지 묻어서 거품같이 보였어요. 암사자는 목이 말라 샘물을 찾아온 것이지요. 바빌론 처녀 티스베는 멀리 떨어져 있었으나 달빛 속에서 암사자를 보았고 더럭 겁을 먹으며 어두운 동굴로 몸을 피했어요. 하지만 숄이 등에서 흘러내려 땅에 떨어졌어요. 암사자는 물을 벌컥벌컥 들이켜 목을 축인 뒤에 숲속으로 돌아가다가, 주인 없는 얇은 숄을 발견하고서 피묻은 아가리로 그걸 발기발기 찢어 버렸어요.

잠시 뒤 피라무스가 현장에 나타났어요. 그는 어두컴컴한 땅에서 선명한 사자 발자국을 보고서 얼굴이 창백해졌어요. 또 피에 물든 숄도 보았어요. 그는 말했어요.

〈하룻밤 사이에 두 연인이 죽는구나. 우리 둘 중에서 더 오래 살아야 할 사람은 분명 그녀인데 이렇게 되었구나. 나는 죄 많은 영혼이야. 아 불쌍한 이여, 내가 당신을 죽인 거나 마찬가지야. 당신을 이 무서운 데로 밤중에 오라고 했으니. 그러고서도 당신보다 먼저 오지도 않았어. 이 바위 근처에 어떤 사자들이 사는지 모르지만, 내 몸을 갈가리 찢어서 네 아가리로 나의 죄 많은 내장을 모두 먹어치워 다오. 하지만 남의 손에 죽기를 바라는 것은 비겁한 자나 할 짓이지.〉

그는 티스베의 숄을 집어 들고 만나기로 약속한 나무 그늘 밑으로 갔어요. 한참 눈물을 흘린 뒤에 낯익은 숄에 키스를 퍼부었지요.

〈자 이제 내 피도 빨아 먹어라.〉

그는 허리에 찬 칼로 자신의 옆구리를 찔렀고, 죽어가면서도 재빨리 깊은 상처에서 칼을 잡아 뺐어요. 그가 하늘을 보며 땅에 드러눕자 피가 공중에 높이 솟구쳤어요. 수도관 납봉이 잘못되어 벌어진 구멍으로 가늘고 긴 물줄기가 터져 나와 허공을 가르는 모습과 비슷했어요. 이때 흘러나온 피가 묻어서 뽕나무 열매는 하얀색에서 검은색으로 바뀌었어요. 그리고 피에 적셔진 나무뿌리에서 올라온 수액은 축 늘어진 뽕나무 열매를 보랏빛으로 물들였지요.

한편, 티스베는 공포를 완전히 떨쳐 버리진 못했지만, 애인을 실망시키지 않기 위하여 온 마음과 정성으로 젊은 애인을 찾아보려고 아까 있던 장소로 돌아왔어요. 자신이 금방 피한 위험을 한시 바삐 애인에게 알려 주고 싶었어요. 약속 장소와 아까 보았던 나무의 형체를 알아보았지만, 열매 색깔 때문에 확신하지 못했어요. 여기가 맞나 싶었고 왠지 애매한 느낌이 들었어요.

　티스베는 망설이면서 피 묻은 땅에서 꿈틀거리는 신체를 두려운 마음으로 내려다보았어요. 그러고는 전율하면서 뒤로 물러섰어요. 얼굴은 회양목보다 더 창백해졌고 미풍에 흔들리는 파도가 치는 해수면 같아 보였어요. 하지만 곧바로 애인을 알아보고서 죄 없는 자기 양팔을 마구 때리면서 머리카락을 잡아 뜯었고 애인의 몸을 포옹했어요. 애인의 상처를 눈물로 채우고 자신의 눈물은 애인의 피로 뒤섞으며 그의 차가운 얼굴에 키스를 퍼부었어요.

　〈피라무스, 어떤 불행이 당신을 나로부터 빼앗아간 거예요? 피라무스, 대답해요. 당신이 사랑하는 여자 티스베가 이렇게 당신을 부르고 있잖아요. 내 말을 들어요. 땅으로 처지는 당신의 머리를 제발 좀 들어 보세요.〉

　티스베가 이름을 부르는 소리에, 피라무스는 이제 죽음의 빛이 완연한 눈을 들어 그녀를 보더니 다시 눈을 감았다. 티스베는 자신의 숄을 알아보았고 칼이 빠져나

간 상아 칼집을 보았다.

〈불행한 이여, 당신의 손과 사랑이 당신을 파괴했군요. 하지만 나 또한 당신 못지않게 강한 손과 사랑을 갖고 있으니 내 몸을 찌를 힘을 줄 거예요. 당신을 따라 죽겠어요. 나는 당신에게 죽음을 가져다준 비참한 원인 제공자이며 동시에 죽음의 동반자라고 일컬어지겠지요. 아, 슬프게도 죽음으로 인해 나한테서 떨어져 나가게 된 당신. 하지만 죽음마저도 나를 당신한테서 떼어놓지 못해요.

이것으로 아주 불행하게 되실 우리 부모님과 당신의 부모님에게 한 가지만 부탁 올려요. 서로 진정으로 사랑했고 지상의 마지막 순간을 함께한 우리를 한 무덤에 안장해 주세요. 오, 너 뽕나무여, 네 가지로 이제 불쌍한 시신 하나를 가리고 있으나 곧 두 시신을 가리게 되겠구나. 이 죽음의 표시를 늘 간직하고, 두 사람의 동반 죽음을 기념하여 슬픔에 합당한 검은 열매를 맺도록 하여라.〉

티스베는 말을 마치자 피라무스의 칼이 가슴 바로 밑을 향하게 해놓고서 몸을 던졌어요. 그 칼은 여전히 애인의 피로 따뜻한 상태였어요. 티스베의 기도는 신들은 물론이고 두 집안의 부모들도 감동시켰어요. 그래서 뽕나무 열매는 완전히 익었을 때 검은색으로 변했고, 두 사람을 화장하고 수습한 유골은 한 항아리 안에 보관되었어요.」[11]

「피라무스와 티스베 이야기」 번역과 해설

셰익스피어는 이 두 연인의 이야기로 「로미오와 줄리엣Romeo and Juliet」을 지었고, 공고라는 두 편의 시를 지어 엮었다. 하나는 〈난 티스베와 피라무스에 대해 〔노래〕하고자 한다〉로 시작하는 작품(1604)이고, 다른 하나는 14년이 지나서 앞선 시의 완결판을 요구한 친구들의 부탁으로 지은 〈바빌론 도시〉로 시작하는 「피라무스와 티스베 이야기」(1618)이다. 이로써 그는 피라무스와 티스베 신화를 훌륭하게 재창조한 스페인의 대표적인 시인으로 평가받게 된다. 많은 공을 들였기에 공고라가 자신의 작품 중 가장 아끼며 마음에 두었던 작품이었다고 한다. 공고라는 오비디우스의 『변신 이야기』가 스페인에 번역되어 소개된 이후로, 널리 알려진 이 신화를 모방하되 우롱과 진지함을 섞어 소설 같은 시를 창조했다. 모방과 창조는 공고라 문체의 대조되는 이중성이다. 공고라는 하나의 텍스트가 비평과 창조의 이중 구조를 이루면서 다른 텍스트를 부수도록 한다. 과식주의와 패러디가 기존 텍스트를 파괴하면서 형식과 주제 면에서 새로운 텍스트를 창조하느라 경쟁을 벌인다. 「피라무스와 티스베 이야기」는 시의 품위를 드높이는 온갖 수사가 동원되었으면서, 동시에 시의 품위를 손상하는 우롱과 거친 용어가 복잡하게 얽힌, 공고라 문체의 이중성을 보여 주는 종합판이다.

공고라는 패러디로 르네상스 서정시 최고의 가치들을 해체하고자 한다. 특히 열정적이며 애틋한 사랑을 무너트리려는 그의 시도는 집요하다. 이는 르네상스 서정시와의 과격한 단절이면서 자신이 세운 공고리즘과의 단절도 의미한다. 가공된 아름다움과 통속화가 함께하는 패러디 시는 한마디로 혁명적이다. 자신이 내세운 전제들을 뒤집고 르네상스 시를 지배했던 모방 개념을 엎어 버리기 때문이다. 이러한 문체는 각자 독립된 것이 아니라 하나의 뿌리에서 나온 산물로, 진지함 속에 유머가, 유머 속에 진지함이 심오하게 공존한다. 극한의 고양된 미학과 한계를 모르는 회화는, 시인 자신의 모순된 삶과 환멸 밖에 남지 않은 시대의 결과물이다. 유머와 재치는 망해 가는 조국을 바라보는 시인 개인의 양심의 촉매제로 작동하며, 공고라는 이렇듯 언어로 스페인의 쇠락을 말한다.

1604년 작품은 티스베의 외모를 당시 바로크 미학에서 다루던 은유를 사용하여 아름답게 묘사하고 있다. 티스베는 황금과 유리, 그리고 루비 하나와 에메랄드 두 개로 장식되어 은판에 새겨진 그림 같은 존재다. 반면 그녀의 어머니는 게으르고 지저분한 땅딸보이고 우롱당해 마땅한 익살스러운 행위를 일삼는다. 그 시는 티스베가 부모의 품에서 자라는 어린아이라는 이야기로 끝난다. 48행 분량이고 내용상으로도 미완으로 남은 감이 크다. 그래서 차콘Chacón은 『파르나수스의 환희 Las Delicias del Parnaso』(1634)에서 〈작품이 더는 나아가지 않았다. 친구들은 그 이야기가 계속 펼쳐지기를 원했으나, 공고라는 연이어 쓰기보다 1618년에 다시 쓰기를 원했다〉[12]라고 말하며 작품이 탄생한 배경에 관한 정보를 준다. 이렇게 해서 새로 집필된 시가 〈바빌론 도시 La ciudad de Babilonia〉로 시작하여 두 주인공의 출생부터 죽음까지를 그린 508행짜리 로만세이다. 로만세는 화자가 직접 독자에게 말을 건네고 등장인물들이 말을 하며 내용이 기승전결로 진행되는 드라마 같은 스페인 고유의 시 장르이다. 공고라는 총 아흔네 편의 로만세를 지었다.

구운 흙이든
아니면 생흙으로 되었든
담 때문이 아니라,
그 두 명의 연인들로

유명한 바빌론 도시의

불행한 연인들은

죽어서나 한 개의 칼로

세상을 순례했도다.

금발 대시인〔아폴로〕의

달콤한 딸인 수금을 연주하는 자여,

내 도구의 팔에

맥박을 요구한다면

무지한 자들의

귀에 걸맞은 노래가 나올 것이라.

난 대중의 찬사를 원하노라.

호민관들은 나를 용서하기를 바라노라.

납작코가 아니면 코가 큰

학사 나손이

시로써 경배한 자들이

피라무스와 티스베였더라.

그는 그 경박한 두 명의

비단 무덤이었던

것의 달콤한 순수함을

유감스럽게도 어둡게 만들어 놓았더라.

그들을 영접했던 뽕나무가

티그리스의 뿌리가 아니라면

연인들의 열매로

제때 벌을 받았으니.(1~28)

코가 큰 오비디우스가 『변신 이야기』에서 언급한, 니누스 왕의 무덤이 있고 담으로 유명한 도시가 바빌론이다. 공고라는 바빌론이 유명한 이유가 피라무스와 티스베 때문이라면서, 하나의 칼로 목숨을 잃은 두 사람의 이야기가 시로 널리 읊어진 상황을 두고 그들이 〈세상을 순례했〉다고 묘사한다. 그들에 대해 노래하고자 하니 아폴로의 딸 뮤즈여, 영감을 일으켜 달라(〈맥박을 요구한다면〉)는 기원으로 시는 시작된다. 〈호민관〉은 이 작품을 검열할 판관으로, 그 우스운 내용에 불만스러울 것이기에 미리 용서를 구한다. 주제는 사랑에는 늘 죽음이 동반하게 마련이라는 사실, 그리고 최고의 순간에조차 비극적일 수밖에 없는 인간 삶에 대한 환멸이다. 바빌론을 관통하는 것은 에우프라테스강이고 티그리스강은 외곽에서 흐른다. 정신 나간 두 연인이 바빌론 외곽에서 만나기로 했기에 티그리스강을 언급한 것이다. 약속 장소에 뽕나무가 있었고, 그것이 나뭇가지로 두 연인을 숨겨 준 사실을 〈비단 무덤〉으로 표현했다. 피라무스와 티스베가 흘린 피가 땅에 스며든 뒤 지하로 흘러 강에 합류하고, 강물을 빨아들여 자라는 뽕나무는 연인들을 숨겨 준 죄에 대한 벌로 뿌리가 아닌 열매가 붉게 변했는데, 『변신 이야기』의 저자 오비디우스 나손, 〈납작코가 아니면 코가 큰 학사 나

존 윌리엄 워터하우스John William Waterhouse, 「티스베」(1909).

손〉이 그렇게 썼다고도 언급한다. 〈순수함〉은 뽕나무 열매가 원래 희었음을, 〈어둡게〉는 붉디붉어졌음을 뜻한다. 시인은 오비디우스처럼 결론부터 밝힌 뒤 두 연인이 가까운 이웃으로 태어나 함께 자랐다는 이야기를 이어 간다.

> 그러니까 이 두 명의 바빌론인은
> 엄청나게 가까운 이웃으로 태어났더라.
> 너무나 가까웠기에 뭐 그리
> 밝지도 않은 귀를 가진 벽이
> 그들의 유년 시절에는
> 요람이 흔들리는 소리를 들었고
> 아기들의 옹알이를 들었으며
> 유모들의 자장가를 들었더라.
> 그 모든 것을 들은 벽은
> 만족하여 그들을 영접할 줄 알아
> 세월이 흐른 뒤에는
> 그들을 위해 틈을 만들어 주더라.(29~40)

이어 티스베의 외모를 묘사하고 눈썹 묘사를 통해 비극적인 결말을 암시한다.

> 그 사이〔틈을 만드는〕에 한
> 거위〔바보〕의 화필로 잘

그려 내지 못한 스케치들이

그 두 예쁜이의 모습을 말해 주기를.

매끈한 대리석[이마]은

겸손함이 없지 않게 자기의 광휘를

태양의 파도[금발 머리카락]와

두 개의 홍옥 빛 사이에 놓았다.

만곡한 눈썹의 멍에는

잃어버린 자유를 어느 만큼이나

울어야 했는지, 눈썹의 아치는 홍수를 멈추게 하는
데 아무런 소용이 없었다.

빛나고 활달한 유리인,

말하자면 얼굴의 피부는 어느 것이

카네이션인지 재스민인지

헷갈리도록 이 두 꽃을 담은 잔이었다.

후각이 코의 모습이 아니라

하얀 편도 열매 모습으로

그 꽃의 중개인 자리를

차지했다.

루비는 마음 내키는 대로

번갈아 가며 스무 개의 알짜 진주

사이에다 열두 개의 모난 진주를

놓거나 놓지 않거나.

목소리의 기관[목구멍]은

미각의 입으로 부는 화살통.

윤기 나는 은으로 된

균형 잡힌 갈대 마디.

가슴은 불사조가

있었던 게 사실이라면

그 새의 가슴처럼 유일한 거.

만일 없었다면 베누스의 정원에 있는 설익은 사과.

그녀 몸의 나머지들은

대리석이라, 그녀의 숨겨진

자태는 벗은 몸의 여신들에겐

병적인 모욕이더라.

리쿠르구스의 제복을

입은 파리스가 한 재판에서

팔라스는 털로, 유노는

X 자 형 다리로 잃었을 때 말이다.

고로 이 아름다운 여인을

눈도 없는 사랑의 신이

다섯 살이 될 때부터

눈에 넣어도 아프지 않을 아이로 모셨지.

신성이 자라며

여성이나 남성 쪽의 시기심도 늘어났지.

경쟁이 경배를 드리는 자에게

믿음이 제단을 쌓을 정도[엄청난 경쟁]가 되니

그 정도가 얼마나 컸겠는가?

[그녀의 출현이] 자유를 잃은 젊은이들을

신전의 숙박소로

숱하게 몰아넣고

여인네들을 초라하게 했으니

비로드 배로

옷을 입혀

9개월을 품은 자는

그러한 위험을 알고

티스베의 성유물을

어떠한 흔적도

남기지 않고 자신의 집 가장

외진 작은 방에 은밀하게 박아 넣었더라.(41~100)

『변신 이야기』에서 그저 〈아름답다〉고 표현된 티스베의 외모에 대한 묘사가 공고라의 미학과 만나면서 난해하고도 우스꽝스럽게 재탄생한다. 〈태양의 파도〉는 물결치는 금발, 〈홍옥 빛〉은 이글거리는 눈빛을 말하는데, 머리카락과 눈 사이에 있는 하얀 이마가 가려지니 이는 월식의 이미지를 나타낸다. 무지개(〈아치〉)는 비가 멈추면 생기는 것으로, 생김새가 비슷한 눈썹과 연결된다. 〈편도 열매 모습〉은 아직 덜 성숙했다는 의미이다. 〈알짜 진주〉는 어금니, 〈모난 진주들〉은 앞니와 송곳니이다. 치아 개수가 적어도 서른 개가 넘는다. 당시에는 치아 개수가 많을 수록 강인한 인물이라고 여겨졌다. 티스베를 우아하고도 아름답게 그리면서도 이렇게 우스갯감으로도 만든다. 트로이 전쟁의 원인이 된 파리스의 판결에 언급되는 세 여신(베누스, 미네르바, 유노)에 대한 이야기는 오비디우스의 『헤로이데스 *Heroides*』에 나온다. 〈리쿠르구스〉는 그리스의 일곱 현자 중 한 명이다. 〈털〉은 미네르바 여신의 몸에 난 것으로 남성성을 상징한다. 사랑의 신 쿠피도는 날개가 달렸고 눈은 멀었기에 날아다니면서 아무에게나 화살을 쏴댔다. 그 〈눈도 없는 사랑의 신〉이 티스베를 〈눈에 넣어도 아프지 않을〉 아이로 모셨다면서 스페인어의 관용적 표현인 후자로 말장난을 한다. 그리고 임신했을 때 티스베 어머니의 배를 비로드 천에 빗대어 티스베를 우롱한다. 이어 피라무스에 대해 이야기한다.

아, 피라무스, 이미

건장하게 자란 애송이 젊은이가

하는 일이란 날개는 없지만

베누스의 두 번째 아들이 될 수 있다는 것 아닌가!

가장 깊은 계곡에

자기의 멍청이에게

목소리의 무덤을 만들어 준

꽃들의 그 우쭐대는 나르키수스가 아니라,

홀륭하지도 씩씩하지도 않은

두 개의 귀 밑털 새장에

귀를 가두고 있던

칼데아의 아도니스라.

머리는 보풀이 난 천,

만일 목덜미가 호박직이라면

뺨은 매끈한 융단,

입언저리는 털 없는 비로드.

그의 눈썹은 검은 두 개의

검이 정직하게

두 번의 검술로

비틀어 놓은 것.(101~120)

　피라무스는 잘생기지 않았는데, 꾸미지도 않고 사지가 건장하지도 않은 여성적 인물로 나온다. 〈두 번째 아들〉이라고 한 이유는 사랑의 신인 베누스의 아들 쿠피도가 첫째이기 때문이다. 그러면서 오비디우스의 『변신 이야기』에 나오는 〈나르키수스와 에코〉 이야기를 비유로 든다. 요정 에코는 나르키수스를 사랑했으나 목소리로만 존재해 나르키수스에게 다가갈 수 없었다. 나르키수스는 수면에 비친 자신의 모습에 반해 물에 빠졌고 수선화가 되었다. 피라무스는 이 나르키수스가 아니라, 머리숱이 많은 〈칼데아의 아도니스〉란다. 아도니스는 헤시오도스

206

가 이야기에 끼워 넣은 시리아의 전설적 인물이다. 〈칼데아〉는 옛 바빌로니아 땅을 일컫는 말이다. 아도니스는 나무에서 태어났으며, 같은 이름으로 불리는 아도니스강은 붉은색이다. 멧돼지에게 공격당해 상처 입은 아도니스의 피로 아네모네 꽃이 빨갛게 되었고, 그를 구하려다 가시에 찔린 베누스의 피로 흰 장미가 붉어졌다. 공고라는 그런 아도니스를 끌어와 피라무스의 운명을 암시한다. 이어 피라무스의 얼굴을 네 가지 종류의 천에 빗대어 기술한다. 〈비로드〉는 머리카락이나 턱수염보다 파일(옷감 표면에 있는 일종의 솜털)이 짧고 부드러운 천이다. 〈비틀어 놓은 것〉은 자연이 다양한 인간의 감정을 눈썹으로 표현하도록 했다는 뜻이 담긴 표현이다. 이제 두 주인공을 이어 줄 중개자가 등장한다. 중개자는 『변신 이야기』에서 전혀 언급되지 않은, 시인이 창조한 인물이다. 『변신 이야기』에서는 주인공들이 도움을 청할 사람이 하나도 없다.

결국 쿠피도는
자신의 병기고에서 가장
훌륭한 무기인 투창이 연장으로
사용되어 피라무스의 몸에 꽂히기를 원했다.
고로 이 자는 짝을
잃어 신음하는 멧비둘기 아가씨의

막시밀리안 노이슈튀크 Maximilian Neustück, 「피라무스와 티스베」(1802).

이웃이었으며, 연인이자

기둥서방으로

사랑의 고통으로

갈망이 극에 달해

물소리를 들으나 목이 마르고

과일이 있음을 느끼지만 먹지를 못하는 자라.

둘 사이에 낀 벽돌은 그들의

교통을 방해하여 다른 일을

할 수 없게 막아, 함께 있으나

떨어져야 함을 울고 있었을 때,

운명적인 배가

하지만 경쟁자로, 연기가 아닌

잦은 산책으로

확실한 항구를 붙잡았더라.

뒤집은 가죽처럼 가무잡잡한 하인으로,

암울한데도 불구하고

여명이었으니, 그 여명에

수많은 빛의 통지〔보고〕를 빚지나니.

〔피라무스는 고마워〕 여명의 여신인 그녀의 검은 곱슬머리 위에

하얀 쥐똥나무 화관을 올리고자 했더라.

비평가들은 〈쥐똥나무〉를 라틴어(ligustros)로

말함을 용서하시길.

좋지 못한 못들이 아니라

백합의 이름으로

암내를 감추는

겨드랑이로 그를 끌어안았으니,

검붉은 털이든 연한 잿빛 털이든

어떠한 측면 냄새든

죽어 있는 자도 죽일 만한

교활한 도둑의 금언이면서 말이다.

신의 도움을 받아 콩고의 향내로,

8레알 네 개의 가치가 슬리퍼를

장식한 자에게로 돌아갑시다.

지불 명령서를 가진 벌도

그녀가 걸어 다녔던 것만큼

날지 않았지. 수녀원의

회전문이 신자들의

출입으로 열리고 닫힌 횟수가,

그 물라타가 말 없는

생각 주변으로 맴돈 것보다 적었더라.

오, 너를 사형 집행자가 되도록

이끄는 운명이여!(121~168)

돈을 받고 부지런히 두 사람을 이어 준 뚜쟁이를 묘사
했는데, 늘 그러하듯 이런 자의 도움은 불행을 예견하게 한다. 〈배〉는 뚜쟁이 역할을 하는 흑인이고, 〈경쟁자〉는 메시지 전달의 민첩함과 날렵함에 있어서 경쟁자라는 뜻이다. 〈연기〉는 색깔에서는 같은 검은색이라 경쟁자가 아니다. 〈붙잡았더라〉는 고객을 확보했다는 뜻이다. 공고라의 라틴어 사용을 두고 워낙 비난이 많다 보니 라틴어로 말한 것을 용서하라고 말한다. 공고라의 유머이다. 하녀는 피라무스가 자기의 머리에 화관을 얹어 주려 한 일이 고마워서 그에게 좋지 못한 〈못들〉, 즉 뚜쟁이들의 속임수를 쓰지 않는다. 〈콩고의 향내〉는 신의 도움이 없이는 견디기 어려운 지독한 냄새나 그런 냄새를 풍기는 사람이다. 〈8레알 네 개의 가치〉는 피라무스가 그녀에게 장식물이 달린 신발을 사라고 준 32레알이다. 〈물라타〉는 흑인과 백인 사이에서 태어난 여자를 말한다. 〈수녀원의 회전문 (……)〉은 연인들의 서신을 전달해 주는 빈도가 수녀를 방문하는 신자의 수보다 많다는 뜻인데, 당시 문학의 단골인 수녀와의 사랑 이야기가 여기서도 등장한다. 티스베를 향한 피라무스의 갈증이 탄탈루스가 겪어야 했던 형벌에 비유된다. 신이 내린 벌로 영원한 갈증과 배고픔에 시달린다는 탄탈루스 신화는 손에 넣을 수 있는 것을 눈앞에 두고도 박탈당함을 상징한다. 이어 벽에 난 틈을 두고 두 주인공이 한 말이 장황하게 펼쳐진다.

어느 한날 티스베가 다락방에

올라 생각을 적셔
그것을 빨랫줄에
말리려 했을 때,
다락방에서 시인이
아닌 벽이 어느 시인의
시들보다 더 분명한
시〔균열〕를 지어 놓은 것을 발견했더라.
전날 밤 불길한 꿈을
꾸었는데 그 틈을 보자 말하기를,
〈분명 이것은, 그 불길한 꿈에서 내 가슴을
두 번이나 열었던 그 상처야. 피라무스,
네 가슴은 한 번 열렸을 때 말이야.
꿈과 별을 믿는 것은,
내 보모 말이 맞는데,
믿을 만한 게 못 되는 헛된 일이라.
내가 아는 사랑으로 발견하게 되는 애정보다
눈을 감고 보았던 것을
믿는 게 더 진실하다고
생각하는 게 말이 되는가?
예견할 수 없는 효과야.
적절함에서 사랑의 일이기는 하지만
영속되는 세월의 것이 아니고
연약함에서 어린애의 일이니.

나와 함께 태어난 벽은

연륜의 힘으로가 아니라,

단지 사랑의 연구로

돌을 가를 수가 있었어.

하지만, 아, 어린애가

좀 더 영민했더라면 그 구멍을 늘려

트로이인들에게 적지 않은 피해를 준

작은 문을 만들었을 터.

눈먼 자의 부속품인 붕대가

쓸데없이 잘못 사용되고 있어.

자신을 맹인으로 만들어

증거를 인멸하고 있구나.〉

이때 하녀가 왔다.

메르쿠리우스의 신발에 붙어 있는

은으로 도금한 10 사이즈 신발로

부지런을 피우며.

그러고는 이미 자신의

절대 권력이 쇠한 것을 보며

사절 역할을 하는

벽의 자식 때문에

스스로 혼란을

당혹감과 구분할 수 있었는지

이미 망해 버린 자기 업무를

그 더러운 검둥이는 그만두더라.

결국 앞으로 있을 그 불행한

만남을 다른 편을

호출하면서 내주고

자신의 소송을 철회했더라.

장모를 대신한 아르고스가

졸고 있지는 않은지

피라무스는 살쾡이의 눈썹으로

그 담에 구멍을 뚫고 있었지.

그때 소식을 전하자

팔라스의 경쟁자가 신성모독을 했던

엄청나게 지저분한

거미줄을 부수고 있었도다.

그가 말하기를, 〈이제 좁은 게 아니라 장엄한

배〔틈〕를 눈앞에 두고 내가 물을 부으면 부을수록

너의 자갈들이 돛이 되어

넌 더 헤엄을 치는구나.

내게 얼마 되지 않는 공간을 주지만

그것으로 충분해. 팔리누루스가

취한 작은 이랑이

그에게 많은 바다를 보게 했으니.

만일 가죽을 탈취하는 게 아닌,

정복을 위해 사용된 나무〔배〕가

신들로부터 정당한 보상을 받았다면

말라 버린 지중해를

굳건히 밟고 태양의 한숨을 안고 있는

배〔틈〕에게는 하늘의 모든 자리가 마땅하지 않겠나.

잠수부가 되어 너의 용골에

입을 맞출 수가 없어서 조타수가 되어

너의 경계에 입을 맞추니,

그녀의 목소리를 되돌린다면

나의 뜻을 이루게

해줄지 모르지.〉(169~252)

〈불길한 꿈〉은 연인들의 비극적인 결말에 대한 전조이다. 〈네 가슴은 한 번 열렸을 때〉는 더 많이 사랑하는 자가 자신임을 말하며 그래서 더 고통스럽다는 뜻이다. 〈별〉은 하늘의 기운이다. 〈적절함에서 사랑의 일〉은 제때 제대로 틈을 만들었다는 뜻이다. 〈어린애의 일이니〉는 틈새를 벌린 것은 사랑의 신이 한 일인데, 쿠피도는 어린애로 형상화되므로 틈이 좁고 충분치 않다는 뜻이다. 〈연구〉는 부지런함과 끈기를 의미한다. 〈잘못 사용되고 있어〉는 사랑의 신은 붕대로 눈을 가려 보지 못하는데, 지금은 그렇지 않다는 뜻이다. 연인들이 틈 사이로 서로를 볼 수 있게 하고 있기 때문이다. 〈맹인으로 만들어〉는 현실에서 눈을 감는다는 의미이다. 〈메르쿠리우스〉는 신의 사절인데 날개 달린 모자를 쓰고 복사뼈에 날개가 달려 있다. 〈벽의 자식〉이라 한 이유는 벽에 생긴 틈이기 때문이다. 〈다른 편 (……)이라 한 것〉은 피라무스의 수중에 맡긴다는 뜻이다. 〈철회했더라〉는 중매자 역할을 그만두었다는 의미이다. 〈장모〉는 티스베의 어머니를 두고 하는 말인데, 사실 피라무스는 결혼을 전제로 사랑한 것이 아니니 장모라는 호칭이 적합해 보이지 않는다. 공고라의 유머이자 비아냥이다. 〈아르고스들〉은 하녀들을 말하는데, 아르고스는 1백 개의 눈을 가진 괴물로, 유노를 섬기는 사제이자 요정인 이오를 지키기 위해 쉰 개의 눈은 항상 뜨고 있었다. 〈뚫고 있었지〉는 길에서 피라무스가 티스베의 집을 지켜보고 있었다라는 의미로, 그때 하녀가 다락방에서 만나자는 티스베의 약속을 전한다. 〈팔라스〉는 그리스 신화의 아테나, 로마 신화의 미네르바로 아라크네와 베 짜기 경쟁을 벌인 바 있다. 신들의 악행을 폭로한 수를 놓은 아라크네에게 화가 난 미네르바는 그녀를 거미로 만들어 버렸다. 〈거미줄을 부수고 있었도다〉는 거미줄을 헤치며 다락방으로 오른다는 의미이다. 〈자갈들〉은 벽의 돌들이다. 〈헤엄을 치는구나〉는 앞으로 나아간다는 뜻이다. 〈팔리누루스〉는 트로이가 파괴된 뒤 아이네아스가 트로이를 탈출할 때 이용한 배의 키를 잡은 조타수이다. 〈가죽〉은 아르고 호를 타고 간 사람들이 탈취한 황금 양털을 의미하며, 임무를 완수한 아르고 호는 상으로 하늘에 올려져 별들 사이에 자리 잡았다. 〈말라 버린 지중해〉는 좁고 마른 틈을 가리킨다. 〈하늘의 모든 자리가 마땅하지 않겠나〉는, 벽이 선 땅을 밟고 있는 〈배〔틈〕〉에게는 더 많은 보상을 해줘야 마땅하다는 뜻이 담겨 있다. 이 〈배〔틈〕〉는 아르고 호처럼 가죽을 얻지 못하고 티스베라 불리는 〈태양의 한숨〉을 가지니 말이다. 〈너의 용골〉은 티스베가 머무는 곳으로 맨 안쪽에 있다. 마지막 두 행은, 목소리를 티스베에게 들려주고 그녀의 답을 틈 사이로 듣게 됨으로써 희망이 이루어질지도 모른다는 말이다. 이어 사랑의 모험이 감행되고 죽음까지 그려진다.

> 그러자 그의 희망에
> 가장 적절한 시간을 주어
> 두 연인이 그 다락방을 드나들었으니
> 그곳은 이제 그들의 학교가 되었더라.
> 페보〔태양의 신〕의 동면 쥐가 되고
> 디아나〔달의 여신〕의 부엉이가 되어
> 파이프 관〔틈〕의 먼지로
> 서로의 말들을 먹었더라.
> 참을 수 없어 얼마나 많이
> 그 어린아이는
> 팔을 들어가지도 못하는 구멍으로 넣었던가.
> 그 공소〔시도〕는 무익한 것으로 되돌아오나니!

그 둘은 얼마나 많이

방해물을 책망했던가,

물통들이 서로 입을 맞추지 못하니

중간에 낀 그 우물을.

그러자 피라무스는

툴리오[명웅변가 키케로]의 무기를 사용했으니

막강한 주문으로 잠들지 않는

감시자 독사란 없으니 말이지.

그들에게 종사했던 사랑은

티로의 즙도 무시할

붉은 장미의 처녀에게서

그 봉우리를 벗겨 버렸더라.

그 멍청이는 자신의 광휘를 열어

그를 받을 자세가 되었으니.

최대의 비극에 어울리는

비극적 해결이라니!

정확히 12시였어.

순결함으로 폭발한

밤의 등대가 아주

화가 난 바로 그 시간.

그때 티스베가

왼발로[불길한 징조] 거리로

뛰쳐나갔으니 조짐을 예언하는

적지 않은 개들의 울부짖음〔예언〕.

니누스의 도시에서 나갈 때

불길한 부엉이가

그늘진 적흑색 올리브

나뭇가지를 횃대로 하고 있었다.

그녀의 발걸음은

3, 4세기 동안

두 마리의 야성〔사자〕의 입으로

넵투누스가 침을 뱉고 있는 곳〔샘〕으로 향했다.

티스베는 4월임에도

이끼가 낀 샘가에 지쳐 도착했고

눈물을 쏟아내던 샘은

물의 속삭임을 부드럽고 조용하게 했다.

젊은 잎사귀로 나이를

감춘 느릅나무는 그때

가장 음탕한 고리로

만개한 포도나무에 얽혀 있었다.

시종들〔천둥〕이 없는 한 광선〔번개〕이

빛인지 아니면 소란함인지

그의 화려함을 쇠하게 하고

신혼 자리를 만들 줄기를 부숴 버렸다.

아무것도 아니었어.

재는 잿물이 되었다.

루카스 크라나흐Lucas Cranach, 「피라무스와 티스베」(16세기 초).

오, 부당한 하늘이여! 벌에서는 가공할 정도이고

면죄에서는 놀랍구나.

가장 가까이 있던

나무는 푸름을 간직한 채 두었고

바짝 마른 등심초는 갑작스런

그 격렬한 습격조차

몰랐더라.

신티아는

회색 두려움(불길함)의 두건으로

자기의 모든 보름달을 덮어씌웠다.

그러고는 말하기를, 구름으로 뒤덮였다고.

너무나 두려운 티스베는

허물어 가는 잔해 더미인

건물을 피난처 삼아

도망가려 했다.

그렇게 하려고 했을 때

그 밀림은 이집트인이나

아니면 테바인의

클레오네의 승리를 만들어 냈다.

바로 직전 고운 털의

양인지 거친 털의 양인지로

배를 채우고 유리를

마시다 피로 더럽게 해놓았지.

유피테르의 재채기[번개]보다
그 짐승이 무서웠던 티스베는
너무나 두려워
도망을 치는데,
도망가다 자기의 가리개를
잃었으니, 피라미부로 씨를
천하의 멍청이로 만들
치명적인 실수라!
티스베는 오래된 축성,
예전에는 기품이 있었으나 지금은
베르툼누스의 관할 지역인 건물의
좁은 문 사이로 몸을 숨겼지.
매의 아주 미미한 징조를 피해 머리를
이랑에 숨기는 종달새가 아니라
슬픔에 잠긴 자로서
말오줌나무의 가지[구멍]에 숨듯이.
짐승은 물을 마시고는
그녀의 가리개를
피로 범벅을 만들어 놓고선
야생의 숲으로 들어가 버렸더라.
그 지각생은 이제야 왔으니
야경이 비록 칼집에 들어 있었으나
사형 집행인이었던 것[칼]을 그에게서

뺏으려 그를 지체시켰기 때문이더라.

그는 한탄할 만한

자신들 혼례의 사본인 재를

밟으며 약속

장소인 샘으로 왔더라.

쉰 목소리와 더듬거리는 말 사이로

처자를 찾았으나 못 찾게 되자

분조정기는 자기

말을 헹구더라.

자기 영혼의 반을

소리쳐 부르나 별 효과가 없었지.

그건 더 큰 소리를 내는 에코[메아리]가

앙큼스럽게도 소리를 거부하였기에.

피라무스는 나무의 빈 구멍마다

조사하였으나 그 거친

가슴들은 그가 요구하는 어떠한 벌집[티스베]도

제공하지 않았더라.

이때 달 마님이 사투르누스의 청을

받아들여 덮개[구름]를 거두고

얼굴 가리개를 보게 했지.

이미 운명이 공표하도록 명한

증인들을 보도록 달이 환해진 게지.

모두가 거짓 선서로 어느 것 하나라도 사실은 아니었지.

경악의 전야에 피라무스가

본 증인은 포효하며

전조를 알리는 왕관을 쓴 네 다리

동물의 흔적이었다.

[다음 증인은] 7월의

울부짖는 화려함[7월은 사자좌]이

자기 입으로 뱉어낸 것보다 더

피비린내 나는 거품을 풀이 내보인 것이었다.

[마지막 증인은] 내가 보건대, 이제 그들의 노고가 될,

찢겨 형편없이 못쓰게 된

그녀 제단의 베일 조각들.

그것들을 보고 그것이 무엇인지 알아채자

리시포스의 끌로 조각된 것이

살아 있는 피라무스만큼이나

거짓이라고 하지 않을 정도라,

그는 학처럼

한 발로 서서

석상의 자격으로

자기의 그림자를 만들지.

증거들이 허위로

재차 드러나고 있으니

그의 운명은 그를 창도 방패도

막지 못할 자로 이끌었도다.

224

피라무스는 티스베의 아름다운 사지가

잡초가 무성한 산속에

흩어져 있으리라 상상하니,

난 그것을 상아의 것이라 말하여야 할까,

아니면 신의 것이라 말하여야 할까?

신이면서 상아의 것이지.

[이러한 상상으로] 피라무스는 또다시 여기서

프락시텔레스를 지치게 할 석고 복사본으로 옮겨졌

더라.

이 순간 파르카이는

실패와 북에 손을,

사람들이 말하듯, 살아 있는 석상에

눈을 두자,

가차 없는 잔인한 가위질

소리가 울렸으니, 그 치명적인

소리에 피라무스는

깊게 빠져 있던 상태에서 돌아와

불카누스가

치명적으로 유효하고

선천적으로 불가사의한,

독이 든 즙으로 단련한 쇠[칼]를

칼집에서 용감하게 벗기더니,

손으로 또 다른 무시오가 아니라

굽는 사람으로서 쇠꼬챙이를
과감하게 잡고 관통시켰더라.
가슴으로 들어가서 등으로.
오, 얼마나 많이 바보 멍청이로
여겨질 것인가! 얼마나 많이 앞으로
올 세기 동안 너의 잘못이 이야기될 것인가!
네겐 삶이 그다지도 하찮았더냐?
오, 갈보의 자식, 갈보여,
네 머리 위로 대대로
뿔을 얹고자 하는 자라니!
여명의 여신이 우거지상으로
자줏빛을 머리에 왕관으로 두르고 나오자
어디서 나오는지 모를
큰 신음이, 새를 잡는
끈끈이의 포로가 된 새가
자신의 노래로 작은 새를
풀의 자매로 신나서 성급하게
합치도록 하는 것처럼,
슬픔에 잠긴 자가
깔때기로 받았던
피를 최후의 순간에 허비하고 있던
장소로 이끌어 갔더라.
그녀는 그에게 자기의 무릎을 내주었고

나는 카툴루스 새의 깃털 빠진

기쁨을 그의

사타구니에 제공하지.

티스베는 자기의 입을

그의 입에 대고 그의 고통을

달콤하게 하고, 그는 꺼져가는 그 마지막

숨을 그녀에게 주었지.

끝내 피라무스는 자기의 입을 티스베에게

둔 채 숨을 거두었고

그녀는 센투리오조차 온화함으로

애먹일 정도의 냉정하고도 말끔한 얼굴로

자기 영혼을 깊은 고뇌의 나팔총

으로 만들어 피라무스가 끼어 있던

그 칼에 자기 순서가

되어 단단히 끼었더라.

대담한 쇠는 잔인하게

티스베의 몸으로부터

세일란의 루비〔피〕의

긴 흐름을 무소의 에메랄드〔풀〕 위로 풀었더라.

죽음이 베누스의 백합으로

달콤한 얼음을 흩뿌리고

베누스의 공포로 물들여

아름답게 남겼더라.

마티아스 히메노Matías Jimeno, 「피라무스와 티스베」(17세기).

사나운 다누비우스강은

에우프라테스와 함께 울었을 뿐만 아니라,

파르스와 터키 사이를 흐르는

영원한 궁수 아르사케스와도 울었노라.

그런데 그 통곡으로

낮의 부센토르를 씻었노라.

앵무새의 강게스강에서 나오고,

황금의 타구스강으로 질 때 말이다.

하얀 뽕나무[열매]는

그 많은 자줏빛 체액 분비물을 마신 탓에

맛있는 석류석이 되었도다.

[죽음의] 증인이 아니면 경의로서.(253~484)

이제 다락방이 연인들의 사랑을 촉진하는 모든 활동인 수업을 하는 〈학교〉가 되었다. 〈중간에 낀 그 우물〉은, 예전에 집에 있던 공동 우물이나 공동 지하 물탱크에서 물을 퍼올린 일을 떠올리게 한다. 물통을 동시에 내리면 서로 만나 입을 맞추게 되는 상황이 벌어질 것이다. 입술을 맞추지 못하는 상황의 책임을 우물에게 돌리고 있다. 〈동면 쥐 (……) 부엉이가 되어〉는 낮에는 자고 밤에 만난다는 의미이다. 〈봉우리〉는 장미의 닫힌 꽃잎으로, 부끄러움을 뜻한다. 〈밤의 등대〉는 달의 여신, 순결의 상징 디아나로 순결을 저버리는 티스베에게 아주 화가 났다. 〈그늘

뤼카스 하설Lucas Gassel, 「피라무스와 티스베」(16세기 중반).

진〉은 불길한 새로 알려진 부엉이가 마을의 가로등을 밝히는 기름을 마셔서 어둡게 하여 티스베의 외출을 더 비밀스럽고도 비극적으로 만드는 상황을 그린다. 〈재는 잿물이 되었다〉는 번개에 탄 나무에서 나온 재가 빗물로 잿물이 되었다는 뜻이다. 〈습격조차 몰랐더라〉는 연인들을 상징하는 음탕한 나무는 번개에 타버려 잿물이 되었는데, 근처에 있던 다른 나무들은 전혀 피해를 입지 않았다는 의미이다. 〈신티아〉는 디아나로, 델로스섬에 있는 킨토스산에서 아폴로와 함께 태어났다. 〈클레오네〉는 고대 그리스 마을 이름으로, 이 마을 근처에서 헤르쿨레스가 네메아의 사자를 죽였다는 이야기가 있다. 그래서 헤르쿨레스의 상징은 사자 가죽이다. 〈이집트인이나 아니면 테바인〉은 테바나 이집트에서 태어났다는 헤르쿨레스를 가리킨다. 그러니까 티스베가 폐허가 된 건물로 숨으려 할 때, 그곳에서 사자가 튀어나왔다. 〈피라미부로Piramiburro〉는, 피라무스와 〈당나귀〉란 뜻의 스페인어 〈부로burro〉를 합쳐 만든 공고라의 합성어로, 〈부로〉는 멍청이란 의미로도 쓰인다. 즉 멍청이 피라무스이다. 〈베르툼누스〉는 식물과 계절의 변화를 주관했던 고대 로마 신이자 과일 재배와 과수원의 신이다. 여기서는 식물과 꽃으로 우거진 곳을 말한다. 〈사형 집행인이었던〉은 칼 때문에 늦게 도착했으니 이것이 두 사람의 죽음의 원인이라는 뜻이다. 〈말 사이로〉는 혼잣말로 중얼거린다는 뜻이다. 〈사본(寫本)〉은 한데 얽혀 있다 번개에 불타 쓰러진 느릅나무와 포도나무가 그들 신혼의 사본임을 나타내며, 이렇게 탄 나무를 밟고 왔다는 뜻이다. 두 사람의 사랑을 관능적으로 비유하고, 죽음을 무섭게 예고한다. 〈분조정기〉는 티스베가 집에서 나와 거기까지 올 때까지 걸렸으리라 생각한 시간과 자신이 지체한 시간을 계산하는 것이다. 〈헹구더라〉는 침을 삼킨다는 뜻이다. 〈소리를 거부하였기에〉는 그의 소리에 티스베의 소리로 답하지 않았다는 뜻이고, 〈증인들〉은 티스베의 죽음을 밝히는 것들이다. 〈제단의 베일 조각들〉은 찢겨 흩어져 있던 티스베의 얼굴 가리개인데, 〈제단〉을 언급한 이유는 사순절 동안 교회에서 성상들을 덮어 놓는 베일에 티스베의 얼굴 가리개를 비교하기 위해서이다. 〈에코〉는 본성에 어긋난 일이지만 피라무스의 외침에 티스베의 목소리로 답하지 않았음을 의미한다. 〈사투르누스〉는 유피테르의 아버지로 우주의 신이자 운명을 상징한다. 불길한 영향력을 행사하는 천체이다. 그가 밤을 좀 밝혀 달라고 달에 간청하여 티스베의 얼굴 가리개를 볼 수 있게 된다. 이러한 징후를 보자 피라무스는 몸이 굳어 버린다. 〈리시포스〉는 고대 그리스 조각가이다. 피라무스는 리시포스가 조각한 석상처럼 되는데, 석상이 너무나 진짜 같아서 피라무스가 살아 있는 존재라는 사실을 부인하는 것 같다. 〈자기의 그림자를 만들지〉는 피라무스가 티스베의 얼굴 가리개를 집으려고 학처럼 외발로 서서 몸을 앞으로 구부린 자세를 취하고 있다는 뜻이다. 〈프락시텔레스〉 역시 고대 그리스 조각가로, 자신의 조각상에 불멸의 영혼을 불어넣을 정도로 열정을 다했다고 한다. 그런 그가 회반죽으로 다시 석상을 만들도록 피라무스가 포즈를 잡았다는 것인데, 티스베의 상황을 상상한 피라무스가 다시 몸이 얼어붙었음을 의미한다. 〈파르카이〉는 인간의 명줄을 관장하는 여신이다. 〈무시오〉는 로마인보다 앞서 이탈리아반도에 최초로 독자적인 문화를 남긴 에트루리아의 왕 포르세나가 로마를 포위했을 때, 그를 죽이려고 그의 텐트로 들어갔다가 발각되자 화로에다 손을 집어넣은 인물이다. 〈뿔을 얹고자 하는 자〉는 욕되기를 바라는 자이다. 〈깔때기로 받았던 피〉는 목구멍으로 넘긴 음식으로 생성된 것이다. 고대 로마의 서정시인 〈카툴루스Catullus〉는 삶과 사랑을 찬양한 시인이다. 이 대목에서 공고라의 심술이 극에 달한 듯하다. 카툴루스는 「레스비아의 새」라는 작품에서 레스비아로 등장하는 악명 높은 클로디아와의 연애 사건을 육체적인 황홀경에서부터 고통스러운 결말에 이르기까지 자세히 묘사한다. 사랑하는 여인의 무릎에서 새가 머물며 그녀와 노는 모습을 보며 자기도 그렇게 놀며 고통을 잊고 싶다는 대목을, 시인은 가장 비극적인 순간에 끌어와 주인공들과 연계해 놓는다. 〈센투리오〉는 로마 군대의 장교로 백인대장이라고 하는데, 이들의 선발 기준이 지도력, 인내, 온화함이다. 〈고뇌

의 나팔총〉은 큰 한숨을 내쉬는 것이고, 〈세일란〉은 인도
양에 있는 섬나라 스리랑카의 예전 이름이다. 〈무소〉는
콜롬비아에 있는 주 이름으로 에메랄드 유통의 중심지이
다. 〈죽음이 베누스의 백합으로〉는 죽음의 모습은 아름답
지 않아야 하는데, 얼굴이 백합처럼 희다는 뜻이다. 〈공포
로〉 얼굴이 누렇게 변했다고 하는데, 이런 빛깔이 얼굴을
아름답게 했다고 한다. 〈파르스〉는 페르시아에 있는 지방
이고, 〈아르사케스〉는 기마 활쏘기로 유명한(파르티안
샷) 파르티아 제국을 개창한 인물이다. 〈부센토르〉는 베
네치아의 유명한 배로, 조선소에 보관되어 있다가 성모
승천일에만 휘황찬란한 장식을 달고 햇빛 아래 나온다.
그래서 태양과 같은 의미로 사용된다. 통곡(눈물)이 그
태양의 마차 바퀴를 씻었다는 것이다. 당시 사람들은 〈강
게스강〉에 앵무새가 많다고 믿었다. 〈타구스강〉의 모래
에는 금이 있다고 믿었다. 시의 마지막 부분이다.

아주 신중한 그들의 부모는
연보다 더 많은 꼬리와
문어보다 더 많은 장식을 단
기다란 상복을 끌면서
벽옥과 (궁정으로 위장한
다양한 색깔의),
시리아인들이 무덤이라고 부르는

묘를 만들어 그들을 안치했더라.

비록 전해 내려오는 확실한 것이라고 하지만

내가 시간을 헷갈리지 않는다면

(연대기 학자 중에서 가장

진실을 말하는 자에 따르면)

반인 반수, 완전 노새가 되어

들판에서 풀을 뜯었던

그 정신 나간 느부갓네살의

신앙심 돈독한 선조가

우아한 한 납골함에 이 연인들의 고상한 먼지를

봉해 넣었단다.

멀구슬나무와 단풍나무가

뼈가 되는 일을 면제해 주었기에.

그러고는 황금 글씨로 납골함에 쓰도록 했더라.

〈이곳에 개별적으로 함께 누워 있노라.

사랑의 뜻에 어긋나게 둘이,

숫자의 뜻에 어긋나게 하나로.〉(485~508)

〈문어보다 더 많〉다는 것은 문어 다리보다 더 많다는
뜻이다. 〈느부갓네살〉은 신바빌로니아 제국의 왕 네부카
드네자르 2세로, 예루살렘을 파괴한 장본인이다. 그의 오
만함에 하느님이 벌을 내렸고, 이성을 잃은 채 들판에서
7년 동안 풀을 뜯으며 야만인으로 살아야 했다. 〈멀구슬

폼페이에 위치한 〈옥타비우스 쿠아르티오Octavius Quartio의 집〉에 그려진
피라무스와 티스베 벽화(1세기경).

나무와 단풍나무〉는 화장할 때 사용되던, 향내 나는 귀한 나무이다. 〈뼈가 되는 일을 면제해 주었기에〉는 먼지가 시체 본연의 색으로 남는 일을 면제해 줬다는 의미도 있다.

로만세는 스페인에서 탄생한 세상사, 인간사에 대한 민중의 이야기풍 노래이다. 중세에 시작되어 계급을 불문하고 누구에게나 사랑받아, 알론소는 이를 두고 스페인 문화의 정신을 더없이 잘 나타내는 시 장르라 했다. 누구나 이야기꾼이 되는 스페인에서 민중이 탄생시키고 지켜온 가장 스페인적인 문학 장르인 로만세는, 스페인인의 믿음과 철학이 반영된 삶과 정서를 담고 있어 지식인이 만든 가요보다 더 많은 인기를 누렸다. 역사서나 철학서보다 재미있는 내용을 핵심적으로 짧고 극적으로 들려주어 스페인 민족의 창조적 영혼이라고도 한다. 형식 면에서는 8음절 짝수 행에서 모음으로 각운을 이루는 특징을 지닌다. 행의 수에는 제한이 없고 연의 구분도 없다. 그런데 공고라는 이러한 형식과 내용을 엎어 버린다. 행을 네 개씩 묶어 연으로 구분하고, 6음절로도 노래하고, 후렴구를 넣기도 한다. 전통 로만세에 담긴 내용은 공고라의 시에서 거의 전부가 우롱과 풍자와 패러디의 대상이 되어 버린다. 스페인의 영혼을, 전통을 전복한 것이다.

세르반테스가 『돈키호테』로 우리에게 기사도에 관한 이야기를 들려주려 한 것이 아니었듯, 공고라 역시 신화

그레고리오 파가니 Gregorio Pagani, 「피라무스와 티스베」(16세기).

를 말해 주려는 게 아니다. 그는 자신이 신화를 자료로 삼아 불안하고 요동치는 현실을 어떻게 언어로 형상화하여 새로운 세계를 창조해 내는지를 보이고자 한다. 그에게는 문학이 자율적인 체계로서 새로운 현실을 만들어 내는 일이 중요하다. 모호하게 여운을 남기는 시와 해석의 난해성이 그의 작품 세계가 기존 현실을 떠나 있으며 관습에서 벗어난 역동적인 현실을 반영했음을 방증한다. 공고라에게 시작은 기발한 은유로, 예리한 통찰력으로, 또 패러디로 기존 개념과 전통에 저항하고 파괴함으로써 상상력과 사고의 지평을 넓히는 일이다. 궁극적 의미가 없는 낱말들이 만나 서로 부대끼며 끝없이 새로운 의미를 만들어 내어 새로운 세상을 창조해 나가는 일이다. 언어 개혁과 관점의 전환으로 인식론까지 전환하는 일이다.

공고라는 모든 것이 닫혀 있던 시대, 인간으로 존재하기조차 불가능했던 시대에, 시어의 긴장을 통해 실존을 되찾고 인간적 존엄성을 대변하는 시의 창조로 개인적 자유로의 출구를 찾고자 했다. 예술은 나를 찾기 위해 싸울 때 풍요로워지는 법이다. 이렇게 과거로부터 탈출을 시도한 공고라는 미래로 향하는 새 시대를 열었다. 세르반테스는 1614년 『파르나수스 여행*Viaje del Parnaso*』을 발표했다. 동시대 가장 훌륭한 시인들이 평범한 시인들로부터 파르나수스산을 지키기 위하여 벌이는 전투를 우의적으로 표현한 작품인데, 여기서 세르반테스는 다음과 같이 노래한다.

더할 수 없는 우아함과 예리함으로
핵심을 옮기는 그 자와
견줄 자 이 세상이 알지 못하니,
그가 바로 돈 루이스 데 공고라라. 나의 이 짧은 찬사가
그를 오히려 욕되게 하지는 않을까 하노라.
그에 대한 찬사는 아무리 지나쳐도 부족하니 말이다.

주

1 바로크 예술은 연대기적으로나 지형상으로나 반경이 넓어 그 특징을 간단히 나열하기가 어렵다. 단지 〈여러 종류의 바로크〉라 정리하는 편이 오히려 나을 정도이다. 건축에서는 기존 원기둥과 건물 정면의 바람막이 구조물은 계속 사용하나, 강한 동적미를 살리기 위해 풍부한 장식과 3차원적인 공간 구성 등의 수법을 덧붙인다. 미술에서는 자연주의적 색채와 강렬한 대비, 빛의 극적인 표현, 조각에서는 동세와 표현의 강조 등을 특징으로 들 수 있다. 르네상스기의 미학이 고전적인 아름다움을 지향했다면, 바로크 미학은 주제와 소재와 형식에서 르네상스를 따르지만, 조화와 균형을 무너트릴 정도로 감정을 불러일으키고 놀라움을 선사한다. 독자나 관객들로 하여금 놀라고 경탄하게 하여 예술을 통해 무엇인가를 깨닫고 납득하도록 이끄는 것이 아니라 설득하는 데 방점을 둔다. 선전 목적이 강해서 그렇다. 이 양식의 대표자로 스페인에는 로페 데 베가가 있다.

2 〈과식주의〉의 스페인어 표기인 〈culteranismo〉는 공고라가 「폴리페무스와 갈라테아 이야기」를 썼을 때 〈박식해, 비록 탈리아(전원시를 관장하는 예술의 여신)같이 목가적이지만 Culta sí, aunque bucólica Talia〉이라고 한 말에서 유래한다. 시인은 박식하고 교양 있는 분위기를 띄우고 이탈리아와 그리스 로마의 전통을 따르겠노라며 이 용어를 사용했다. 이후 이 용어를 만들어 낸 스페인의 수사학자 바르톨로메 히메네스 파톤 Bartolomé Jiménez Patón(1569~1640)은 이 말의 의미를 언어의 풍요함을 도모한 언

어학적 공헌으로 해석했다. 그런데 스페인 전통주의자들인 로페와 케베도, 후안 데 하우레기Juan de Jáuregui는 이 용어를 박식하지 못한 이들의 작업으로 공격하고, 과도한 은유와 장식으로 영혼이 약해져 버린 소치이고 스페인적인 것에 반한다며 의의를 깎아내렸다. 결국 공고라를 유대인으로 몰던 케베도와 하우레기로 인해 기상주의는 이교 냄새가 나는 루테라니스모로까지 내몰렸다. 〈기상주의〉인 스페인어 〈콘셉티스모conceptismo(concepto + ismo)〉를 기존에는 〈기지주의〉로 번역했다. 그런데 기상주의는 〈기지〉, 즉 재치 있게 대응하는 지혜를 의미하는 이론이나 학설이 아니다. 또 원어에 들어 있는 〈concepto〉를 〈개념〉으로 해석했는데, 공고라의 시어는 보편적인 관념도, 추상적인 생각도, 사물이나 현상에 대한 일반적인 지식도 아니다. 고심 끝에 여느 것과 아주 다르며 진기하게 빼어나다는 의미와 재치가 깃든 〈기발함〉에 역점을 두고 상상력까지 합쳐 〈기상주의〉로 옮겼다. 스페인 기상주의 이론을 정립한 그라시안보다 늦게 〈콘쳅티스모concettismo〉(이탈리아어 표기)에 관한 깊고도 넓은 책을 쓴 이탈리아 바로크 이론가인 에마누엘레 테사우로Emanuele Tesauro(1591~1675)는 이를 〈예리한 통찰력〉으로 파악하고, 상이한 사물에서 같은 특성을 찾아 그들 사이를 잇는 것이라 규정한다. 이전까지는 사물을 파악하는 방법과 법칙으로 논리학의 삼단논법이나 수사학의 비유를 들었으나, 기상주의는 예리함을 통해 얻는 기발함의 예술을 강조한다는 것이다.

3 과식주의의 스페인어 쿨테라니스모culteranismo는 신교도인 루터의 이름을 사용한 루테라니스모luteranismo와 발음에서 유사하다. 그래서 가톨릭 편에서 보면 이단의 냄새가 난다고 했고, 이 용어는 하우레기나 케베도에 의해 널리 유포되었다. 공고라와 칼데론 사후 이 용어는 냉소적, 경멸적 의미로 공고라의 어휘를 터무니없고 저질스럽게 모방한 작가들에게 붙여졌다. 분명 공고라에게는 해당되지 않는다.

4 이탈리아에서 들여온 시 양식이다. 11음절 네 개의 행으로 이루어진 두 개의 연과 세 개의 행으로 이루어진 두 개의 연으로 구성된다. 기본적으로 ABBA, ABBA, CDC, DCD 형식으로 자음운을 이룬다.

5 스페인을 대표하는 시 양식이다. 한 행이 8음절로 짝수 행에서 모음운을 이루며 연의 구분이 없고 행의 수에도 제한이 없다. 그런데 공고라는 4행을 한 연으로 구분하고, 후렴구도 붙이는 등, 스페인적이고 전통적인 형식에서 벗어나려는 모습을 보인다.

6 기독교가 로마의 국교로 정해진 직후 열린 397년 카르타고 공의회에서 정한 바에 의하면, 기독교 축일에 극장을 출입하는 자는 파문하고, 배우

들의 성찬 참석을 금지했다. 이 칙령은 18세기에 이를 때까지 유럽의 많은 지역에서 지켜졌다.

7 두 사람의 첫 번째 충돌은 공고라와 케베도가 바야돌리드에 살았을 때 일어났다. 케베도가 필명으로 공고라의 풍자시를 모방했다고 공고라가 비난했다고 한다. 공고라는 생의 마지막 시기에 빚에 쪼들려 살던 집에서 쫓겨나는데, 그 집 주인이 케베도였다.

8 오비디우스 지음, 『변신 이야기』, 이종인 옮김(파주: 열린책들, 2018), 501~508면.

9 각 행의 마지막 단어에서 액센트 이후 자음과 모음이 함께 반복되는 경우, 예를 들어 「폴리페무스와 갈라테아 이야기」 2연의 경우 ano-uma / ano-uma / ano-uma / eda-eda로 각운을 이룬다. ao-ua / ao-ua / ao-ua / ea-ea / 같이 모음만이 반복될 때는 모음운이라 한다.

10 세미라미스를 가리킨다. 세미라미스는 서기전 2241년의 전설적인 인물로, 바빌론의 시조인 니누스의 아내이다. 니누스는 자신의 부하 장교 메논의 아내인 세미라미스를 사랑하여 그녀를 취하기 위해 부하에게 자살을 강요하고, 혼자 남게 된 세미라미스와 혼인을 했다. 니누스가 죽자 세미라미스가 통치를 했고, 바빌론 근교에 니누스를 기리기 위한 위령탑을 세웠다. 그래서 바빌론을 니누스의 도시라고도 한다.

11 오비디우스, 앞의 책, 127~134면.

12 Luis de Góngora, *Romances*, 308면 재인용.

참고문헌

프란시스코 데 케베도 지음, 『죽음 저 너머의 사랑』, 안영옥 옮김(서울: 민음사, 1992).

프란시스코 데 케베도 지음, 『케베도 시선』, 안영옥 옮김(서울: 지만지, 2015).

안영옥, 『스페인 시의 이해』(서울: 고려대학교출판문화원, 2019).

안영옥, "스페인 문학에서의 고전 신화 수용 양상 연구 I: 황금세기 시를 중심으로", 『스페인 라틴아메리카 연구』 11권 1호(2018).

조민현, 『스페인 아방가르드와 바로크적 전통』(서울: 고려대학교출판문화원, 2019).

Baño, Francisca Moya del, *El tema de Hero y Leandro en la literatura española*, Murcia, Publicaciones de la Universidad de Murcia, 1966.

Cervantes, Miguel de, *Viaje del Parnaso, Poesías Completas*, I, Madrid, Castalia, 1990.

Cossío, José María de, *Fábulas Mitológicas en España* I, II, Madrid, Istmo, 1998.

Cristóbal, Vicente, "Mitología clásica en la literatura española: consideraciones generales y bibliografía", *Cuad.Filol.Clas.Estudios latins*, 18, 29-76(2000).

Góngora, Luis de, *Romances*, Ed. Antonio Carreño, Madrid, Cátedra,

1982.

_____, *Fábula de Polifemos y Galatea*, Ed. Alexander A. Parker, Madrid, Cátedra, 1983.

_____, *Soledades*, Ed. John Beverly, Madrid, Cátedra, 2003.

Gracián, Baltasar, *Arte de Ingenio, Tratado de la Agudeza*, Ed. Emilio Blanco, Madrid, Cátedra, 1998.

Grimal, Pierre, *Diccionario de Mitología Griega y Romana*, Barcelona, Ediciones Paidós Ibérica, S.A., 1982.

Gual, Carlos García, *Introducción a la mitologia griega*, Madrid, Alianza Editorial, S. A., 2006.

Higio, *Fábulas Mitológicas*, Madrid, Alianza Editorial, 2009.

Homero, *Odisea*, Madrid, Espasa-Calpe, S. A., 1980

Homero, *La Iliada*, México, Espasa-Calpe Mexicana, S. A., 1981.

Keeble, T., "Los orígenes de la parodia de temas mitológicos en la poesía española", *Estudios Clásicos*, 13, 83-96 (1969).

La imaginación mítica, Ed. Rafael Vélez Núñez, Cádiz, Universidad de Cádiz, 2002.

La mitología clásica en la literatura española, Ed. Juan Antonio López Férez, Madrid, Ediciones Clásicas, S. A., Autonomía de Madrid, 2006.

Morón, José Miguel, Checa Fernando, *El Barroco*, Madrid, Ediciones ISTMO, 1982.

Ovidio Nasón, Publio, *Las metamorfosis*, Madrid, Espasa-Calpe S. A., 1982.

Quevedo, Francisco de, *Poesía varia*, Madrid, Cátedra, 1982.

Rodas, Antonio, *El viaje de los Argonautas*, Ed. Carlos García Gual, Madrid, Editora Nacional, 1983.

Wellek, René, *The Concept of Baroque in Literary Scholarship, in Concepts of Citicism*, New Haven y Londres, 1963, 69-127.

지은이 **안영옥** 한국외국어대학교 스페인어과를 졸업하고 스페인 마드리드 국립 대학교에서 「오르테가의 진리 사상 연구」로 문학 박사 학위를 취득했다. 스페인 외무부 및 오르테가 이 가세트 재단 의 초빙 교수를 지냈으며, 현재 고려대학교 스페인어문학과 교수 로 재직 중이다. 『스페인 중세극』, 『스페인 문화의 이해』, 『스페인 문법의 이해』, 『올라 에스파냐: 스페인의 자연과 사람들』, 『왜 스페 인은 끌리는가?』, 『페데리코 가르시아 로르카』, 『돈키호테를 읽 다』, 『돈키호테의 말』 등을 썼고, 완역본 『돈키호테』 전2권, 스페인 최초의 서사 작품 『엘 시드의 노래』, 14세기 승려 문학의 꽃 『좋은 사랑의 이야기』, 돈키호테가 없었더라면 대신 그 영광을 차지했을 『라 셀레스티나』, 돈 후안을 탄생시킨 『세비야의 난봉꾼과 석상의 초대』, 바로크극의 완결판 『인생은 꿈입니다』, 케베도의 시 105편 과 해설집 『죽음 저 너머의 사랑』, 오르테가의 미학론 『예술의 비 인간화』, 로르카의 3대 비극 『피의 혼례』, 『예르마』, 『베르나르다 알바의 집』, 스페인 최초의 부조리극 『세 개의 해트 모자』, 라파엘 알베르티 시선 『죽음의 황소』, 비오이 카사레스의 판타지 소설 『러 시아 인형』 외 다수의 책을 우리말로 옮겼다.

바로크 최고의 시인 루이스 데 공고라

발행일   2022년 6월 30일 초판 1쇄

지은이   안영옥
발행인   홍예빈·홍유진
발행처   주식회사 열린책들

경기도 파주시 문발로 253 파주출판도시
전화 031-955-4000 팩스 031-955-4004
www.openbooks.co.kr

Copyright (C) 안영옥, 2022, *Printed in Korea.*
ISBN 978-89-329-6969-5 03870